深圳市新闻人才基金会资助项目

字里人间

性灵小品百篇

丁时照 著

龙二 绘

广西师范大学出版社
GUANGXI NORMAL UNIVERSITY PRESS

·桂林·

字里人间
ZILI RENJIAN

图书在版编目（CIP）数据

字里人间：性灵小品百篇 / 丁时照著；龙二绘. --
桂林：广西师范大学出版社，2020.12（2021.12 重印）
ISBN 978-7-5598-3476-8

Ⅰ. ①字⋯ Ⅱ. ①丁⋯ ②龙⋯ Ⅲ. ①小品文一作品
集一中国一当代 Ⅳ. ①I267.3

中国版本图书馆 CIP 数据核字（2020）第 261482 号

广西师范大学出版社出版发行

（广西桂林市五里店路 9 号　邮政编码：541004）
网址：http://www.bbtpress.com
出版人：黄轩庄
全国新华书店经销
广西昭泰子隆彩印有限责任公司印刷
（南宁市友爱南路 39 号　邮政编码：530000）
开本：889 mm ×1 194 mm　1/32
印张：8.875　字数：160 千
2020 年 12 月第 1 版　　2021 年 12 月第 5 次印刷
定价：58.00 元

如发现印装质量问题，影响阅读，请与出版社发行部门联系调换。

汪洋孤舟

序一
月如钩

丁时照 / 文

常有人问我：为什么用"月如钩"做笔名？

因为姓丁嘛！丁钩丁钩，所以月如钩。

生活中，带钩的物件，给人感觉其实不好，更有人无法面对锐器。心理医生说，这是尖锐恐惧症。然而，月如钩则不然，因为历代诗词大家的吟咏，弯月温润如玉，所以月如钩不烦人。

最大的毛病是，用它做笔名，有点"娘"。

宋代名臣蔡襄的孙子蔡伸在一首词中写道："天如水，月如钩。正新秋。月影参差人窈窕，小红楼。"意境明显是花间词风情，娘娘腔重，我所不喜。

南宋丞相吴潜，因为元兵南侵，忧国忧民，词风格调悲愤，感慨特深："云似絮，月如钩。忆凭楼。蕙兰情性，梅竹精神，长在心头。"词风激昂凄劲，真男儿语。

最有名的当然是南唐后主李煜的《相见欢》："无言独上西楼，月如钩。寂寞梧桐深院锁清秋。"悲痛沉郁，意境寂寥。

锥心怆痛，哀婉并俱，词风感人。

当然不是因为"月如钩"有诗意才用它，也和新闻职业有关。干媒体的，熬夜不叫熬夜，叫正常上班，我们的清早，是大家的子夜。无数个夜晚，我和同事工作至深夜，推门而出，人散后，一弯新月天如水。如果当天的内容好，可以吹着口哨下班；如果当天的内容不尽如人意，只能在报社门前的台阶上，看着夜空呆坐一阵。此时不论天上有月无月，心情都不透亮。

用此做笔名，更和家人有关。家父四十多岁去世，留下祖父、母亲和我们兄妹四人。那时我大学还没毕业，当时就以"月如钩"为笔名，因为月如钩隐含双亲姓名，也是希望从残缺中找圆满。古人说："为尊者讳，为亲者讳，为贤者讳。"见亲字必避走。好在现代观念变了，否则，断不敢造次。

当然，从豪气干云、丹辰旭日的角度来讲，钩还是一件兵器。"男儿何不带吴钩，收取关山五十州。""赵客缦胡缨，吴钩霜雪明。"摘取弯月做吴钩，有不屈的意思。抬头看天，见惯云卷云舒。同样月如钩，有新月残月之分。同样是弯月，有人看到残缺，有人看到圆满，更有人看到从残缺走向圆满。

所写小品，陆续被《读者》《特别关注》《青年文摘》《意林》等杂志转载。然后和著名人文画家龙二先生合作，百篇文字百幅画作。文一半图一半，合起来就是满月。月圆月缺月如钩，笔名翻成序言名。

就是这样。

序二
滥竽充数

龙二 / 文

人生来就孤独。

至于孤独，形形色色，大抵都是一样的知音难觅，夙愿难偿。

太史公在《货殖列传》中有句话："天下熙熙，皆为利来；天下攘攘，皆为利往。"我以为名利这玩意只是让人在稻粱谋之余，提供点吹资，卖弄点狗皮膏药罢了。作为物质的皮囊需要物质来维护，这是物质的孤独。

我很想像庄子一样物我两忘，把自己视同尘埃。可后来想，中国也就一个庄子，再有也只能是"装子"。作为精神的世界需要精神来充盈，这是精神的孤独。

因为孤独，我们寻求另一种相互温暖。

我有时对自己的出世之想深感愧疚，因为我活在公元2020年，而非公元200年，精神遗失在过去。

想想老婆孩子，还得舞文弄墨，希望弄点碎银赖以维生。生活在当下，物质掉队于主流。

事实上很多人不懂我的率真，浪费了我的殷勤。物质与精神的不匹配，人与人的错位，造就了当代的孤独。落寞的日子，我就像孟尝君的门客冯谖一样，喜欢摆弄手中生锈的铁片，坐在无人问津的陋巷使劲弹啊使劲弹。

我自幼未能程门立雪，师出无名，不善经营关系，这直接导致我的不伦不类。就像那只既不是飞禽也不是走兽、既是飞禽也是走兽的蝙蝠，和众生有点格格不入。

不过，我也遇到过一些有趣的人和有趣的事，老丁就是一个。

老丁是一个新闻工作者，非要和他找点共鸣感，大抵就是彼此都能码字，然而也不尽相同。

我是一个来自偏远之地的山村野夫，兜里揣着几本祖宗留下的线装书，穿一双人字拖就出了山；老丁是复旦大学孵出来的蛋，也不知道他读的啥书，却下了一些文史哲的蛋。

他总是在忙，不是开会，就是夜班；不是谈策划，就是搞经营，为了那份没告诉我的薪水，总是三更半夜码字。平时和他说不上几句话，挺无趣的。

有次我路过他单位，过门而没去拜访，就顺手在微信问候了他一下，他回了四个字："雪夜访戴"。

俨然把我和魏晋高士王徽之作比，乘兴而来，尽兴而归，过门而不入。也不知他是想我去看他，还是觉得如此甚好。

老丁最近写了一百篇白话文史小品，邀我共筑其雕龙华章，描红添绿。盛情殷切，颇有添香之意。就我而言，只好附庸风雅，滥竽充数。

因为和老丁是文图合集，他要我给自己的画作写序。我觉得自吹自擂挺傻的，又寻思着不能太过分，怕客大欺主，所以，心怀忐忑，信手涂鸦。也不知道他理不理解，突然感觉很孤独。

目　录

辑一　妙人

瞎掰

鹅笼书生

古人思维有时很现代，玄幻起来让人惊叹。这个故事出自《续齐谐记》，陆续见于其他典籍中，根据鲁迅先生考证，它的蓝本出自从印度引入的《譬喻经》。

东晋时的阳羡县，就是现在江苏的宜兴，那里有个叫许彦的人，一天背着鹅笼赶集，路遇一书生，年纪大约十七八岁，躺在路边不停喊"脚痛"，请求许彦让他躺在鹅笼之中。许彦以为开玩笑，书生却真的钻了进去。

书生进去后，笼子也没变大，书生也没变小，与两只鹅同在一笼中，鹅也不受惊。许彦背起鹅笼继续赶路，也没有感觉比以前重。走了半晌，许彦放下鹅笼在树下休息。书生走出笼子，对许彦说："我要为你略设薄宴以表感谢。"彦曰："善。"

只见书生从口中吐出一个铜盒子，盒子中装着各色佳肴，山珍海味拿出来摆了一丈见方，所用的器皿都是铜物，气味芳香，世所罕见。酒过数行，书生对许彦说："我一直带着一个妇人随行，现在邀请她出来吃饭，可以吗?"彦曰："善。"

只见书生从口中吐出一个女子，大约十五六岁的样子，衣饰绮丽，容貌绝伦，大方地坐下来陪二人喝酒。一会儿，书生醉了，倒在一旁酣睡。此女对许彦说道："我与书生相好，实有外心。我还一直偷偷带着一男子同行。书生现在酣睡，我想请男子出来，希望先生不要告诉书生。"彦曰："善。"

女子就从口中吐出一男子，大概二十三四岁，也聪明可爱，他与女子和许彦继续饮酒叙谈，问寒问暖。这时书生翻了个身，似乎要醒了，女子赶紧吐出一床锦被，钻进去与书生同卧。男子见二人睡着了，就对许彦说："这女子虽然对我有情有义，但也不尽然。我也一直偷偷带了个女人同行，现在想与她见上一面，请先生不要说出去。"彦曰："善。"

男子也从口中吐出一女子，年可二十，一起喝酒聊天，戏调甚久。听到书生有响动，男子对许彦说："他俩快醒了。"说罢赶紧把所吐女子还纳口中。一会儿，书生的女子从被子里坐了起来，把男子吞入口中。书生起来后抱歉地对许彦说："不想一觉睡到现在，抱歉让你独自坐着。现天色已晚，须向先生道别。"说罢，把女子纳入口中，又将诸铜器吞入口中，只留下一件大铜盘，二尺见方，对许彦拱手道别："没有什么好东西送你，这铜盘做个留念吧。"

每个人口中都有秘密，只能活生生吞下去。如此，甚善。

出笼计

李斯三叹

李斯从一个基层小吏起步，依靠个人奋斗，位极人臣，成为士子的榜样。后来，被腰斩于市，夷灭三族。当那么大的官，也把握不住自己的命运，因此，他又很为人所惋惜。观其一生，共有三叹。

李斯是楚国上蔡人。年轻的时候，看到厕所里的老鼠在吃不洁的东西，每逢有人或狗来时，就受惊逃跑。后来他看到粮仓中的老鼠，吃粟米，居大屋，根本不担心人狗惊扰。于是叹曰："人之贤、不肖，譬如鼠矣，在所自处耳！"于是就跟荀卿学帝王之术。学成事秦，一路升迁，秦王拜斯为客卿。这就是成语"人鼠之叹"的由来。

秦国一直有灭韩的野心，韩国就派"水利专家"郑国赴秦为间谍，劝说秦开凿三百多里的人工河渠灌溉田地，希望以此消耗秦国的国力，使之无余力攻韩。其后，事情败露，震惊朝野，这就是著名的"郑国渠"事件。秦国王公贵族，纷纷议论要驱逐外国人，李斯写出千古雄文《谏逐客书》，他在文章末尾感叹："今逐客以资敌国，损民以益仇，内自虚而外树怨于诸侯，求国无危，不可得也。"他成功地说服了秦王收回逐客令，平息了秦国贵族的排外风波，革命性地树立起"来了就是秦国人"的新观念。一言而改变君主之念，我以为，此乃"人主之叹"。

七月丙寅，始皇崩于沙丘平台。李斯和赵高密谋"沙丘之变"，伪造遗诏，迫令公子扶苏自杀，拥立胡亥为二世皇帝。后为赵高所忌，李斯被判腰斩。与儿子一同行刑时，他感慨地对儿子说："吾欲与若复牵黄犬俱出上蔡东门逐狡兔，岂可得乎？"遂父子相哭，而夷三族。连最普通的需求都满足不了，窃以为，这是"人狗之叹"。

从微贱时的"人鼠之叹"，到关键时的"人主之叹"，再到终局时的"人狗之叹"，李斯的一生，让人赞叹、惊叹、感叹。生命不是太极图，无法循环往复。人生都是单程车票，没有岁月可回头。李斯的一生，一直都在往上走，走着走着，走上不归路。李斯三叹，绝非孤例。前赴后继，代有其人。

太极·伏羲

神奇穆天子

周穆王是上古时代最具传奇色彩的帝王之一，世称"穆天子"。《国语》开篇就是他。

公元前964年春，犬戎没有按时进贡，周穆王以此为由，亲自领兵西征。祭公谋父规劝"耀德不观兵"。穆王没理他，执意征讨，"得四白狼，四白鹿以归"。每读至此，就有一句自创的歇后语蹦出来：周穆王征犬戎——白忙活一场。

白狼、白鹿在古代是祥瑞，但劳师袭远只得个好兆头，经济上不划算，政治上也未见得占上风，得兽而失人。果不其然，"自是荒服者不至"，边远国家不再朝见，说明周王朝在外族中失去威信。穆王不干了，开始二次讨伐，这次大获全胜："广获其五王"，并把部分戎人移民到今天的甘肃镇原一带。

穆王在位时的周朝采取的是积极的扩张政策，致力于向东西南北四方拓展，传说其巡狩范围辽阔无比："穆王东征天下，二亿二千五百里，西征亿有九万里，南征亿有七百三里，北征二亿七里。"赤道的周长也就八万零一百五十二里，周穆王走四方，每方都相当于赤道周长的一千多到两千多倍。虽说度量衡古今不一，而且传奇还免不了注水，但是，周穆王跑了很多的路是毫无疑问的。

穆天子是一个神一样的存在，他曾抵达青鸟栖息的所在，约会西王母。见识了会抛媚眼的古代"机器人"，还有"日驰千里"的高速专车，制定了中国流传下来的最早的法典《吕刑》。穆天子平定东夷战乱，抵达九江，尔后向南："周穆王南征，一军尽化。君子为猿为鹤，小人为虫为沙。"周穆王的这支南征军全军覆没，这个典故就变成了成语"猿鹤虫沙"，用来比喻战死的将士，也指死于战乱的人。开疆拓土，要不就是白干，要不就是猿鹤虫沙。许多的神话和传奇，里面包裹的全是泪水和辛酸。

穆天子的神话都是在开疆拓土中创造的。上古时期，社会形态尚在形成，各国疆域也未定型。穆天子东征西讨，南拓北扩，加强对四方的统治力度，成就了周朝大邦的形象。现代社会，人类不可有霸王之行，但应有霸王之思。霸王之思不是对人，乃是对己。在修养上不断拓展自己的新疆域，在业务上不断开拓自己的新边疆，在学习上不断扩大自己的新疆土。果真如此，我们普通人也就有了"穆天子"一样的光辉。

穆天子

尊敬的姜女士

读《国语》，忘不了一位母亲。

敬姜应该是正史里着墨最多的母亲。虽然如此，她连名字都没有。"敬"是后人根据其生前事迹给予她的评价，"姜"是她的姓，"敬姜"的意思就是"尊敬的姜女士"。另外，按照王国维的说法，"女子之字曰某母，犹男子之字曰某父"，那么，她还有一个字，就是"公父文伯之母"，通俗地说，也叫"公父文伯妈妈"，还是连名字都没有。

在刘向《列女传》一百零四位女性人物中，敬姜的传记最长，是其他女传主的三四倍，居第二的才是亚圣孟子的母亲，可见刘向先生对敬姜的推崇。

《国语》的作者左丘明也很敬重这位女性，《鲁语下》共有文二十一篇，而写"公父文伯妈妈"的竟有八篇之多。

敬姜与孔子是同时代人，敬姜的言行，几乎都得到孔子的点赞和暖评。

在礼崩乐坏的春秋时代，社会观念大洗牌。敬姜的言行，克己复礼，具有样板意义。在史书中，敬姜训导儿子、儿子的妻妾以及侄孙，其内容涵盖宴饮、劳逸、男女、规制、丧葬等日常行为和观念，虽然说教味比较浓，但传递的都是主流价值观。

一天，公父文伯下班向母亲请安，敬姜正在纺麻，儿子说，像我们这样的家庭，主人还要纺麻，传出去恐怕被人笑话。敬姜叹息说，让你这样不懂事的孩子在朝廷做官，却又不教给你做官的道理，会害死人的。来，坐下，让我告诉你。她讲了好大一番道理，最后说，你用这样怠惰的态度来担任官职，我真担心你父亲穆伯要绝后！孔子听到敬姜的话后说："同学们记住，季氏家的妇人是一个不贪图安逸的人。"（作者注：语出《国语》"弟子志之，季氏之妇不淫矣！"公父文伯姬姓季氏，因此孔子称敬姜"季氏之妇"。）成语"敬姜犹绩"典出于此。

能引起孔子关注的言行，肯定重要。看历史，"尊敬的姜女士"命途多舛，她早年丧公婆、中年丧夫、老年丧子，是一位忧伤的女子。她早晨哭亡夫，黄昏哭亡子，这么一种哀恸至极的举动，被孔子解读为合乎章法——"可谓知礼矣"。这样一位老妈妈，穿过泥泞、穿过尘埃、穿过时空，来到我们面前，我们唯有用庄敬的心情行注目礼。

去秋时文伯歜之為魯相
其母敬姜猶紡績不輟歜
聞之黃垂四人我實也亦又
在下位朝夕處事猶恐忘先
人之業況有怠惰乎懼乃不
免
左傳
國語魯語下
庚子春四月十三日於鵬城
龍雲

敬姜

15

孔子瞧得起的人

．

　　孔子是圣人，那么，什么样的人能入圣人之眼？

　　梳理了一下，若要分类，大约有三：受称赞的、瞧得起的和敬佩的。这三种人，都入眼，可是有级差。

　　受称赞的不一定就瞧得起，瞧得起的不一定就敬佩。级别最高的是敬佩，敬佩能以上率下，统领其他。

　　我以为，孔子敬佩的有两人。

　　首推作周礼的周公旦，他确立了孔子的价值观。周公在孔子心目中尽善尽美，朝思暮想以至常常入梦。暮年的孔子无限感慨地说："甚矣吾衰也！久矣吾不复梦见周公。"在无梦的年纪，还不忘初心。知我者，二三子。

　　另一位敬佩的人是老子，老子帮助孔子形成了价值观。两巨头是见过几次面的，最后一次，孔子问礼于老子，回来感慨地对众弟子说："鸟，吾知其能飞；鱼，吾知其能游；兽，吾知其能走。至于龙，吾不能知，其乘风云而上天。吾今见老子，其犹龙也！""开张天岸马，奇逸人中龙。"敬佩之情如滔滔江水。

受到孔子称赞的人很多。颜回是孔子最得意的弟子，孔子一直对他赞不绝口。但是，子曰："回也非助我者也，于吾言无所不说。"颜回呀，他对我所讲的话没有不心悦诚服的，这样对我来说是没有帮助的。这是典型的"孔式"称赞，到位而俏皮，但这不是瞧得起。孔子瞧得起的人，其中包括两位"始可与言《诗》已矣"的学生。

一是子贡。子贡因与孔子谈论"贫而无谄，富而无骄"的问题而被孔子瞧得起。子贡通透，告诉他过往的事情，他就能了解未来的发展。也就是能举一反三，闻一知十，见微知著，触类旁通，这样的思维模式和见地，孔子打心眼里看得上。

二是子夏。子夏向孔子请教"巧笑倩兮，美目盼兮"的意思，他从孔子回答的"绘事后素"推而广之来说明"仁和礼"的关系，孔子立即青眼相看，真心佩服："能启发我的是你子夏啊。"

称赞、瞧得起和敬佩，其实是三种姿态。称赞是向下，敬佩是向上，瞧得起是平视。只有在平等的姿态下，才能相互启发、相互激荡、相互点燃。平等是最舒服的姿态，也是彼此最长情的相处，哪怕是圣人。

子曰·春秋

"网红"关羽

　　严格来讲，将关羽说成"网红"，是降格。但是，降格以求，梳理他走上神坛之路，对于我们打造爆款不无裨益。

　　我们先来看看历史上的关羽。

　　《三国志》记载，身有"案底"的关羽，和张飞一起投奔刘备。先主与二人寝则同床，恩若兄弟。建安五年（200），关羽被曹操俘虏。于万人之中，取颜良首级，解白马之围。曹公上表封关羽为汉寿亭侯，重加赏赐。关羽尽封其所赐，拜书告辞，追随刘备而去。建安二十四年（219），关羽攻打曹仁。曹操派大将于禁助战，关羽生擒于禁，斩杀将军庞德，威震华夏。曹操打算迁都以避其锐气，被劝阻后，遂联合孙权，羽不能克，引军退还，最后败走麦城，为孙权所杀。

　　作为一员武将，关羽能力出众。但是，大意失荆州，刚而自矜，以短取败。历史上战功超过他的武将多了，何况自身缺点一大堆，为何只有他一人超凡入圣？

小说中的关羽形象丰满,《三国演义》为其集大成者。

元末明初,罗贯中在陈寿《三国志》的基础上,吸收民间传说、话本和戏曲故事,写成《三国演义》。小说给关羽加上一系列的"光环":桃园三结义,青龙偃月刀,温酒斩华雄,三英战吕布,解白马之围,斩颜良诛文丑,千里走单骑,过五关斩六将,华容道上捉放曹,领兵攻取襄阳,水淹七军,斩庞德擒于禁,刮骨疗毒,败走麦城,被杀谢幕。这一系列精彩绝伦的故事,将关羽成功地塑造成忠义仁勇的典型,满足了民间的英雄崇拜情结。

神坛上的关羽体现共同价值观。靠皇帝加封和官方推崇,他从英雄升级为神明。据不完全统计,北宋到清末,历代皇帝一共给关羽加封二十二次。每一次的"加封",都是价值观的一次背书,也是一次品宣。官方看中关羽的"忠",民间推崇关羽的"义",宗教赞扬关羽的"信"。关羽被尊崇为"武圣",与"文圣"孔子齐名。

关羽成"网红",是各方齐抓共建的结果。首先,外在条件不错,美髯公。其次,内容给力,为人忠信,国士之风;兄弟齐心,其利断金;忠君不二,九死不悔。再次,先天不足部分移花接木,以长补短。一柄好看不好用的青龙偃月刀让他威风凛凛,不为金银财宝所动的性格让他成为财神,三教九流,五行八作,都有代入感,都把关羽当作自己的保护神。

这样的"网红"关羽,实为人造的偶像。

反转高手

　　源子雍，北魏大臣，他本姓"秃发"。秃发为鲜卑姓氏，与拓跋氏同源。北魏明元帝因秃发、拓跋同源，故让他们改姓"源"。

　　当是时也，天下大乱，反叛者如群蜂四起。夏州刺史源子雍死守统万城，城中粮食吃光了，他们就煮马皮来吃。由于饥馑越来越严重，他留下儿子源延伯守城，亲自带着老弱残兵外出求粮。出城几天后，就被北方胡人首领曹阿各拔拦击，源子雍力竭被俘。

　　源子雍素为胡人敬重，虽然被擒，胡人却一直用对待州刺史的礼节对待他。源子雍向他们讲述安危祸福的道理，劝曹阿各拔归降朝廷。曹阿各拔还真的被源子雍说动了心，只是刚接受了他的劝降要求，还没有行动就病死。

　　曹阿各拔的弟弟曹桑生代为统率部下。源子雍坚持不懈，又对曹桑生开展艰苦细致的思想工作。最终，曹桑生竟然跟随源子雍归降北魏。

源子雍带着这支队伍去见北魏的北海王元颢，详细陈述了剿灭贼寇的计划。元颢也被他说动，就拨给源子雍救兵。当时东夏州境内到处有叛乱，到处都是贼寇。源子雍边打边前进，三个月内数十场战斗，平定了东夏州。其后，他将征收的税粮运到统万城，解决了守城部队的给养问题。于是东夏州、夏州得以保全。

《魏书》记载，源子雍少好文雅，笃志于学，推诚待士，士多归之。在统万城战斗中，源子雍婴城自守，"善绥抚，得士心，人人戮力，无有离贰"。他出城筹集粮草时，手下的官吏都劝说他："如今四方反叛，寇贼万重，四方音信，莫不断绝。这个时候，你们不要分开，父子一起出城，再想别的办法。"源子雍流着眼泪对大伙说："此是吾死地，更欲何求！只是守城以来，没有粮食。等我筹集到粮食，一定回来和各位一起战斗。"源子雍哭而拜辞，三军莫不呜咽。

从被俘者到领导者，源子雍善于化敌为友；从普通将士到一方诸侯，源子雍能天下归心；从战斗力到凝聚力，源子雍有很强的人格魅力。如果说学习无疆界的话，那么，学习子雍好榜样，源子雍是思想政治工作方面的一把好手。

问牛宰相

汉宣帝时有位宰相叫丙吉，有次外出调研，遇到一群人打架斗殴，"死伤横道"，丙吉经过时不闻不问。车队继续向前走，遇到有人在赶牛，牛气喘吁吁吐出舌头，丙吉赶紧让大家停下，派骑马的官吏去询问赶牛的走了几里路。

部下认为丙吉宰相在这两件事的处理上不合适，有人因此讥笑他重牛不重人。丙吉说："百姓斗殴互相杀伤，禁止、防备、追赶、捉拿，是长安令和京兆尹的职权范围，做得好与坏，根据年终述职报告进行赏罚就行了。宰相不亲小事，所以这不是我应当在出差途中过问处理的事情。目前正值春天，天气不应该太热，我担心牛稍微走动中暑而气喘，这是时令节气阴阳失调引起的，恐怕有害农事。宰相的职责就是顺调阴阳，我因此过问这事。"

古往今来，"捧丙"派和"损丙"派从未断绝。"捧丙"派主要在朝，"损丙"派主要在野。

丙吉也算一代名相,《汉书·丙吉传》说他为人宽和,隐恶扬善,为人称道。官员犯罪、不称职,他总是给放长假,拖到最后不了了之。后来接替丙吉做丞相的人,将此视为惯例,"三公不审官吏"就从他开始。对于自己直接领导的部下官吏,他极力为之掩过扬善。丙吉的车夫是个酒鬼,曾经喝醉把丞相的公车吐得一塌糊涂,有关部门要开除这个车夫,丙吉竭力为其开脱。这个车夫熟悉边城快马报告紧急情况的过程,有次恰好看到快马来报,就去了解情况,知道匈奴已进入云中和代郡,立即向丙吉汇报。不久,皇帝召见丞相和御史大夫,询问情况,丙吉详细回答皇帝的询问而受赏,御史大夫仓促之间不能应对则受罚。丙吉于是感叹说:"还是要容人啊,人的能力各有所长。假使我没有提前听到车夫的报告,哪里能被皇帝表扬呢?"

丙吉曾说,做丞相如果因为审判官吏而出名,真的很丢人。丙吉的所作所为,受到官员们的真心拥护,大家都认为丙吉有才能,能顾全大局,能抓住主要矛盾,因此更加佩服他,打心眼里投他赞成票。皇帝好像也非常认同他。史载,丙吉死后封侯。

唉……

发现颜真卿

颜真卿闻名于世的是其书法，范仲淹一句"颜筋柳骨"，在世人心中固化了他的书法大家形象。

其实，颜真卿更是一位刚烈忠义之士。他立朝刚正，权相杨国忠外放他到河北担任平原太守，那里正是安禄山的"地盘"。颜真卿看出安禄山必反，就假借久雨不止，加固城墙，储备粮食；表面上则天天带着僚属宾客泛舟饮酒，让安禄山认为他不过一书生耳。后来安禄山反叛，河朔二十四郡，几乎全部失陷，只有平原，因为颜真卿深挖洞广积粮，成为河朔地区最后的唐室堡垒。唐玄宗听说河朔失陷的消息，叹曰："河北二十四郡，无一忠臣邪？"正当此时，颜真卿派来使者报平安，唐玄宗大喜，谓左右曰："我向来不知道颜真卿的为人，没想到他做出这样了不起的事！"

"安史之乱"平定，宰相卢杞专权，嫉妒颜真卿，准备把他排挤出京都。颜真卿去见卢杞，说："安史之乱叛军攻下洛阳之后，你父亲卢奕被杀，头颅被送到河北示众，满脸是血。我不忍心用衣服擦，亲自用舌头舔净下葬。"卢杞表面惊惶下拜，内心更加恨之入骨。

后来，淮西节度使李希烈叛乱，攻陷汝州。卢杞说："颜真卿是元老大臣，德高望重，只要派他出马去宣谕，可不劳师而定。"朝中大臣都知道这是"借刀杀人"，可是皇帝准其奏。颜真卿向李希烈宣谕朝廷诏旨，上千部将拿着刀剑，包围颜真卿，皆谩骂，将食之。刀光剑影中，颜真卿色不变。李希烈用各种手段折磨颜真卿，希望他就范，终不屈，最后将其缢杀，享年七十六岁，三军为之痛哭。

颜真卿还有个好样的堂兄颜杲卿，一样是位豪杰。颜杲卿曾是安禄山部下，"安史之乱"时，设计擒杀安禄山部将数人，河北十七郡响应。史思明率大军攻打他，颜杲卿昼夜防守，拼死作战。但城内兵员短少，寡不敌众，御敌物资全部用完，城池陷落，颜杲卿被俘。安禄山非常愤怒，命人绑颜杲卿于桥柱上，一刀一刀割他的肉吃，颜杲卿骂不绝口，叛贼便钩断他的舌头，说："看你还能骂吗？"颜杲卿依旧含糊不清地骂贼，血竭而终，时年六十五岁。这天，颜杲卿的幼子颜诞、侄子颜诩以及袁履谦，都被砍断手脚而死，过路的人见了都为之流泪。文天祥《正气歌》"为张睢阳齿，为颜常山舌"，所言即此。

颜氏兄弟，都为国捐躯，留下浩然正气，为后世所敬仰。

颜真卿《劝学》诗耳熟能详:"三更灯火五更鸡,正是男儿读书时。"每个中国人,只要提笔习字,过不了颜真卿这一关,就不能登堂入室。一直到现在,颜真卿的字帖还是学书之人必临的范本。其实我们更应传扬他的风骨品格,让他成为后生晚辈们必临的人生"字帖"。

两个县令

人比人，气死人；官比官，更难堪。

但凡当官的，在位时不要比，不在位时，更不要比。同样是县令，一样辞去公职，陶渊明和袁枚，不能比。

袁枚先后在溧水、江宁、江浦、沭阳担任县令七年，不喜欢迎来送往，不甘为大官做奴，三十四岁的他找了个"丁忧侍母"的理由辞职不干了。

说起袁枚，必提随园。随园为江宁织造隋赫德所有，故原名"隋园"。袁枚辞职前一年，购得此园，更名"随园"。袁枚在《随园诗话》中说："雪芹撰《红楼梦》一部，备记风月繁华之盛，中有所谓大观园者，即余之随园也。"

随园如此风光，如此奢华，与袁枚持续投入、长期建设分不开。袁枚辞官时，有积蓄三千六百两银子，购买随园花了三百两，两年基本建设，积蓄用尽。钱从何而来？

前县令袁枚是一位经营奇才。他将随园里的田地、山林、池塘租给十三户人家，坐收租金；同时卖文所得稿酬、润笔费收入颇丰；还自己写书，自己印书，自己销售，收入不低；另绛帐授徒，广收弟子，女弟子尤众，学费收入亦颇为可观。他是名人，受邀四处帮人站台，获赠良多。袁枚开发旅游业，把园子的围墙全部拆掉，还告诉所有人："放鹤去寻三岛客，任人来看四时花。"经过精心打造的随园成为南京最出名的景点，他借此办起餐饮，干起"农家乐"。到去世，袁枚遗嘱记录有现银两万余两，田产价值万余两。这些巨额财产全靠文化产业而来，说得出来源，经得起审计。

与袁枚辞职下海干得风生水起不同，辞职归田的陶渊明生活极其不顺。曾任江州祭酒、建威参军、镇军参军等职的陶渊明，四十一岁时最后一次出仕为彭泽县令，八十多天便弃职而去。开始辞官归隐时，他的心情是愉快的："狗吠深巷中，鸡鸣桑树颠"，一派田园景致。然而，生活不只有"诗和远方"，柴米油盐烦死人。

在晴耕雨读的日子里，"不为五斗米折腰"的陶渊明，由于农田不断受灾，房屋又被烧毁，境况越来越糟糕，最后还是弯下高贵的腰。一次饥寒困顿，全家嗷嗷待哺，陶渊明不得不向人乞食。苏轼看完陶渊明《乞食》诗后说："渊明得一食，至欲以冥谢主人。哀哉！哀哉！此大类丐者口颊也。非独余哀之，举世莫不哀之也。"陶渊明是我国田园诗派创始人、文学史上第一个大量写饮酒诗的诗人。他的诗文中，"酒"字非常多，应该是借酒浇愁吧。最终，陶渊明在贫病交加中离开人世。

两个辞职县令，一个滋润，一个苦焦。一个要政府扶贫，一个给政府纳税。袁枚享年八十二岁，陶渊明终年六十三岁。他们的精神文明建设都不错，物质文明建设则大不同。因此，还是要以经济建设为中心，任何时候都不能动摇。个人如此，国家一样。

庄子借米

晏殊实诚

当老实人，说老实话，办老实事，任何时候都不为过。

晏殊十四岁的时候，被推荐给朝廷，正赶上皇上亲自殿试进士，就命晏殊做试卷。晏殊一见试题，说："臣十天前已做过这样的题目，草稿还在，请求另给试题。"宋真宗非常喜欢他的质朴老实。

年少的时候，一般都鸿蒙未开，一派天真，不懂得使奸耍滑。长大了，当官了，见惯秋月春风，就不一定。

晏殊入朝办事后，当时天下太平无事，允许百官各择胜景之处宴饮游乐，以至于食楼酒肆，都设立帷帐供朝臣士大夫们"放松放松"。晏殊当时很穷，没钱出门与官同乐，就在家与兄弟们讲习诗书。一天，皇宫中给太子选讲读官，皇帝御点晏殊。执政大臣不知为什么选中他，次日上朝复命，皇上说："最近听说馆阁大臣们都嬉游宴饮，一天到晚沉醉其中，只有晏殊与其兄弟闭门读书，这么谨慎忠厚的人，正可教习太子读书。"晏殊履新后，真宗皇帝当面告知选用他的原因，晏殊语言实诚："为臣我并非不喜欢宴游玩乐，只是家里穷，没有钱出去玩。臣如果有钱，也一样会去吃吃喝喝，只是没钱出不了门罢了。"天下还有这么老实的人！皇上因此更欣赏他，眷宠日深。宋仁宗即位后，卒至大用，官拜宰相。

看来，老实人不吃亏。不过，老实人也不是傻瓜，晏殊智商很高，十四岁殿试时押中"高考题"。及长，诗词书法皆工，而以词最为突出。晏殊一生写了一万多首词，有"宰相词人"之称，是北宋婉约词风的开创者。"无可奈何花落去，似曾相识燕归来""昨夜西风凋碧树。独上高楼，望尽天涯路"等佳句广为流传。作为宰相，晏殊尤能识人。范仲淹、孔道辅、王安石等悉出自其门之下，韩琦、富弼、欧阳修等皆经他栽培。晏殊在学习上也非常老实，晚年仍专心致志，不知疲倦。

谢天谢地，不能让老实人绝种。

浣溪沙　晏殊词

晏殊

懒政"明星"

懒政就是不干政事，方式很多，花样百出。但是，只有懒出理论，懒成艺术，懒入青史，才是真的高手。

大宋王朝，有两位高官懒出高水平。王珪历仕"三朝"，无所建树，官却越做越大，相神宗十六年，时称"三旨宰相"：上殿奏事时，王珪只说"取圣旨"；皇上若问他有何意见，他只说"领圣旨"；退朝交办事项，他只说"已得圣旨"。堂堂宰相，位高权重，他每天所做之事就是"请旨""奉旨""传旨"，遇事坚决不表态。

有宋一朝，王珪不是孤证，与其"媲美"者，天官侍郎赵叔问也。赵侍郎肥而喜睡，又讨厌宾朋好友。无论在单位还是下班回家，常常将"休息，勿扰"的牌子挂在门口。大家称他是"三觉侍郎"，就是"朝回、饭后、归第"也。他身居要职，养尊处优睡大觉，只顾把自己养得白白胖胖，根本不问国家大事和天下苍生。

还有比这更厉害的。五代末帝时，马胤孙为相，时号"三不开相公"：入朝印不开，见客口不开，归宅门不开。十国时，徐光溥为宰相，开始喜论事，后为同朝官员构陷。吃过闷亏之后，每次开会，他一言不发，但假寐而已，时号"睡相"。官僚机构的决策主要是两个途径，一是开会，一是批公文。开会不开口，办文不动笔，今古奇观。

大臣懒政，皇帝怠政。怠政"冠军"非万历帝莫属。万历皇帝明神宗朱翊钧在位四十八年，是明朝在位时间最长的皇帝。但"罢工"三十四年，藏在深宫中，"不郊、不庙、不朝、不见、不批、不讲"。内阁首辅李廷机受不了，打算辞职，写了一百二十三份辞职报告，都石沉大海。李廷机冒着杀头的危险，自作主张跑回福建老家。这么大的事，万历皇帝都"懒"得追究，由他去了。

《世说新语》载，东晋丞相王导到了晚年，处理政事只在文件上画圈签"同意"。自己感叹说："人家说我老糊涂，后人会想念我这个老糊涂。"当然，不想干事的，一定会想念这位老前辈。

带货帝

名人、网红直播带货,效果超好,让人眼红。其实,这种"带货效应",古代不比现代差。

《韩非子·外储说左上》说,齐桓公好服紫,一国尽服紫。当是时也,五素不得一紫。也就是说,齐桓公喜欢穿紫色的衣服,全国的人因此都穿紫色的衣服。那时候,五匹没有染色的丝织品也换不到一匹紫色的布。齐桓公亲自带货,紫服、紫裤、紫绢、紫布库存销售一空,价格居高不下。

带货帝不止齐桓公一个。"楚王好细腰,宫中皆饿死;楚王好高髻,宫中皆一尺;楚王好大袖,宫中皆全帛。"楚王兴趣爱好太广泛了,属于古代带货明星,既带货物,也带事物。"细腰"不是一个具象的物件,而是带动了一国风尚。推而广之,吴王好剑客,百姓多创瘢;李煜好金莲,妇人皆缠足。上有所好,下必甚焉。

但总有逆行者,众人往南予独北,众人皆醉我独醒,众人惜身，虽千万人吾往矣。晋文公就是个异类，"好士之恶衣"。晋文公喜欢士族官吏穿不好的衣服，所以文公的臣下都穿着母羊皮缝的衣服，系着牛皮带挂佩剑，头戴熟绢做的帽子，进可以参见君上，出可以往来朝廷，很有"印第安风格"。国王的爱好，有的能移风易俗，有的更加恶俗。国王喜欢瘦则全国减肥，国王喜欢肥则全国胖乎乎。

当然，带货帝不是啥都行。

有的可以流行，有的不会流行。比如有的皇帝喜欢做木匠，如果人人当木匠，估计青山绿水都搞光。有的皇帝喜欢做买卖，如果大家都来做，全国产业结构肯定失衡。有的皇帝后宫佳丽三千，这怎么学得了？

直播带货，威力巨大。可以捧红一个品牌，也可以灭掉一个品牌。

齐桓公看到祖国山河一片紫，甚为担心，对管仲曰："寡人好服紫，紫贵甚，一国百姓好服紫不已，寡人奈何？"管仲说："这个太容易了，您自己不穿紫衣服，您还要对身边的侍从表示非常厌恶紫衣。"这时，恰好一个侍从觐见，桓公说："给我退后点，我讨厌紫衣的气味。"侍卫赶紧退下。当天，宫中再没有一个人穿紫衣；第二天，全国没人穿紫衣；三天后，四境之内无人衣紫。

就是这样子，复杂事情简单处理，带货帝不是一般的高手。

不是官才

温庭筠文思敏捷，每入试，八叉手而成八韵，故有"温八叉"之称。他是花间才子，诗词大家，所作大都华美秾丽，也有语言清新之作，"鸡声茅店月，人迹板桥霜"，千古不朽。然其"薄于行，无检幅"，还以文为货，做枪手，替人考试，赚好处费。有次唐宣宗微服出行遇上温庭筠，温不识龙颜，傲慢地问："你是秘书长这样的官吗？"皇帝说："不是。"温又问："那你是秘书之类的吧？"皇上说："不是。"温庭钧诗作得好，人做得差，目中无人。我不喜欢，皇帝也不喜欢。皇帝在诏书中说："读书人应以德为先，文章为末，你这个人，品德不可取，文章再好也弥补不上。"

古代，当官是唯一出路，被皇帝否定，仕途就成了断头路。

柳永的名气确实大，古今无人不识，宋仁宗当然闻得其名。但柳永挑战主流价值观，公开与体制决裂，仁宗很恼火。

一次科考，柳永过了笔试关，要进入面试环节。一大堆的考卷中，最高主考官宋仁宗看到柳永的试卷，他还记得柳永的那句"忍把浮名，换了浅斟低唱"，就大笔一挥说："且去浅斟低唱，何要浮名？"柳永从此仕途无望，坠入秦楼楚馆。

诗仙李白其实很想当官，他希望通过"定价于君侯"而受到当权者的赏识，无奈事与愿违。文人喜欢发牢骚，李白当然不例外。"只为浮云能蔽日，长安不见使人愁。""大道如青天，我独不得出。"牢骚特别盛，命苦怨政府，以为天下都欠他的。后来有机会得见玄宗，但是行为不检点，整天醉醺醺，上班不打卡，和同事闹矛盾，恣意妄为，弄得玄宗极其失望地说他"非廊庙器"。也就是说，李爱卿，你不是当官的料啊！

当官不是容易的事，有政治抱负，还要有政治才情。天下人只看到当官的好，见不到当官的难。对政治纪律不尊崇，喜欢以民间的姿态入仕，以放任的方式做事，既没有政治敏感，也不讲政治规矩。所以，每次一看到"温八叉"的诨名就想笑，因为下意识地联想到疯八叉、四仰八叉这些词。当官的，可不能这么八卦。

好文秘

　　每个单位人都多，每个单位都缺人。就领导而言，身边最缺的，应该是公文写作高手。

　　苏颋曾任唐玄宗的宰相，小时候聪明俊秀，读书速度特快，一览千言。他被提拔为中书舍人的时候还非常年轻，刚上任，各种文告诏书都让他草拟，动辄上万件，有人担心他胜任不了。然而苏颋手写口说，没有一丝一毫的差错。负责记录的官员央告："请公慢些，不然我等手腕就要写断了！"中书令李峤称赞他："苏颋文思若涌泉，实在是我等所不及。"后封许国公，与燕国公张说齐名，时人誉之为"燕许大手笔"。"思如泉涌""思若涌泉""文思泉涌"的成语皆出于此。

　　公文是党政机关实施领导、履行职能、处理公务的具有特定效力和规范体式的文书，完全不同于诗歌、散文、小说等文学体式。欧阳修一生当干部，文章也写得好，号称"千古文章四大家"，其散文开创一代文风。《醉翁亭记》写景、状物、抒情、言志，无一不美。然而，如果在干部大会上念这个，就是笑话。因此，他也非常熟悉公文的范式和写作，所以官也做得不错。

公文写作是高难度的工作，不是谁都可以为之，公文高手半是勤奋半天成。因为在领导身边，工作勤奋，才华横溢，容易得到提拔。唐朝的刘瑑，小时候学习刻苦，文章写得好，才思敏捷，辞藻丰富。唐宣宗时为翰林院学士。当时为收复河湟一带的疆土，边境上战事频繁，翰林院的学士们大都请缨上了前线，只有刘瑑一人起草文件，每天要起草一百多件诏书，笔总是不停，然而文章却条理精当，字句妥帖。有次天快亮时，皇帝把他召到御前，让他起草一份《喻天下制》。他润笔构思，顷刻告就，天一大亮就呈送皇上，皇帝大加赞赏。没几年，升为宰相。

领导调皮

官人也是人，我等但见其严，未见其宽；但觉其庄，未觉其谐。

桓温是东晋政治家、军事家，还差点当上了皇帝，是个很有性格的人物。有一天，他去探望京城市长刘惔。看到刘惔躺着没起床，桓温就用弹弓射他，弹丸迸碎撒满被褥。刘惔生气地从床上爬起来说："使君，难道这样你就能在打仗中获胜吗？"刘惔这样说，是在讥讽桓温是当兵出身，做事粗鲁。王珣出身琅玡王氏，是丞相王导的孙子，刚给桓温当秘书的时候，桓温想试试他的胆量。有天，王珣同一帮僚属正在官厅里等待进见，桓温就从后院骑着高头大马横冲直闯出来。人们乱成一团，吓得摇摆跌倒，只有王珣端坐不动。大家都称赞王珣"是做大臣的材料"。

对同事调皮，对后代一样。温峤与晋明帝为布衣之交，是一位性情活泼的官员。他与当朝太尉庾亮是好朋友。庾亮的大儿子庾会，才几岁而已，沉静持重，温峤以为小孩学他爸装样子。有次，温峤躲在帐幔后面，看到庾会经过，就突然跳出来，大喊一声，吓庾会。没想到，这孩子不惊不乍，神色安详，慢慢跪下来问："君侯为何这样？"几岁孩子的表现，倒是把温峤吓呆了。

大臣如此，皇上也皮。何晏皮肤超好，面白如玉，魏明帝曹叡怀疑他化了妆，就搞了个"美白测验"。大热天端来一大碗热汤面，何晏吃完后大汗淋漓，就撩起衣服擦脸，没想到，他的脸色反而更加光洁。

西汉京兆尹张敞，在朝廷商议大事时，公卿皆服。但张敞做官没有威仪，有时下朝经过章台街时，让车夫赶马快跑，自己还用折扇打马屁股加油。张敞经常在家给妻子画眉，长安城中传说张市长画的眉很妩媚。有关部门就用这些事参奏他，皇帝就问张敞有没有此事，张敞回答："臣闻闺房之内、夫妇之私，有过于画眉者。"皇帝爱惜他的才能，没有责备。但是，最后也没得到重用。

张敞为妻画眉，闺房之乐，当然很调皮，居然因此"终不得大位"。看来，当领导，在"端与不端"之间，还是"端着"保险。

一流女

天下美女很多，天下才女也很多，美女才女集于一身的不多。花蕊夫人算一个。

公元965年，宋太祖赵匡胤大兵压境，蜀军一触即溃。后蜀皇帝孟昶成阶下囚，一起被押解进京的还有花蕊夫人。孟昶妃花蕊夫人才色冠绝，天下仰风。《全唐诗》收录她的诗歌近百首。赵匡胤早闻其名，一见之后，惊为天人。为验证花蕊夫人的诗才，太祖命她即兴赋诗一首。花蕊夫人脱口而出，这就是那首著名的《口占答宋太祖述亡国诗》：

> 君王城上竖降旗，妾在深宫哪得知。十四万人齐解甲，宁无一个是男儿！

那位"城上竖降旗"的君王孟昶并非一无是处，起码他的"三个一工程"到现在都有影响——

一首好词。《玉楼春·夜起避暑摩诃池上作》既写出了花蕊夫人的暗香浮动，也道出了对流光易逝的隐忧：

> 冰肌玉骨清无汗，水殿风来暗香暖。帘开明月独窥人，欹枕钗横云鬓乱。
> 起来琼户寂无声，时见疏星渡河汉。屈指西风几时来，只恐流年暗中换。

一篇《官箴》。孟昶创作的"做官的戒规"二十四句九十六字，至今仍有借鉴意义：

> 朕念赤子，旰食宵衣。托之令长，抚养安绥。政在三异，道在七丝。驱鸡为理，留犊为规。宽猛得所，风俗可移。无令侵削，无使疮痍。下民易虐，上天难欺。赋舆是切，军国是资。朕之爵赏，固不逾时。尔俸尔禄，民膏民脂。为人父母，罔不仁慈。特为尔戒，体朕深思。

一副春联。有记载，最早的春联为孟昶所撰："新年纳余庆，嘉节号长春。"

历朝历代，末代皇帝都比较屈辱，孟昶到开封七日而卒。而末代皇帝的妃嫔更是凄惨。花蕊夫人被掳入宋宫，为宋太祖所宠。关于花蕊夫人的死，有多种说法，但肯定是死于宋太宗赵光义之手。一日，赵匡胤率亲王和后宫宴射于后苑，赵光义"调弓矢，引满拟兽，忽回射花蕊，一箭而死"。赵光义的理由是："陛下方得天下，宜为社稷自重，远离酒色!"赵匡胤虽心中不快，却没有责怪，而是"饮射如故"。

观兰图

丑女

一般以为，皇帝的老婆肯定是天底下最漂亮的，沉鱼落雁，闭月羞花。后来才知道，万事有例外。也有皇帝的老婆丑得让花月失色，难看得让鱼雁遁逃的。

相传，嫫母是中华民族始祖轩辕黄帝的妻子，嫫母有多丑？后世巫师仿照她的相貌做成面具来驱邪。无盐是齐宣王的妻子，"极丑无双"，年过四十还无人娶走，人们常用"貌似无盐"来形容女人之丑。

有娶丑女的皇帝，必有娶丑女的大臣。许允是曹魏、东晋大臣，娶阮氏女为妻。洞房花烛夜，发现老婆长得太丑了，就跑出新房，不肯再回来。后被迫第二次进房，看了一眼确实受不了，又拔腿往外溜。新妇一把拽住他，许允边挣扎边说："古人云：妇有'四德'（作者注：妇德、妇言、妇容、妇功），你具备哪些啊？"新妇说："我所缺的，仅仅是美丽的容貌。而读书人有'百行'，您又符合几条呢？"许允说："我百行俱备。"新妇说:"百行德为首,您好色不好德,怎能说俱备呢?"许允哑口无言,只好待在新房。

这几位丑女之所以被娶回家,除了丑女三天就看惯、美女三天就看厌以外,她们都是有德行、有品位、有智慧的女性。嫫母发明了第一面镜子,还教人织布做衣。无盐匡正齐王,以天下为己任。阮氏女帮家里躲过多次危难,还保护两个孩子免于被害。

当然,也有丑人多作怪的。晋惠帝司马衷的皇后贾南风身矮肤黑,鼻孔朝天,嘴是地包天,眉后有胎记。她在历史上是出了名的阴狠毒辣,干政弄权引发"八王之乱",导致西晋亡国,并引起后来的五胡乱华。

都说红颜祸水,其实有失偏颇。美女多著名,丑女就多著名。相貌和心灵未必画等号,很多东西和美丑无关,人们看重的,还是那些历久弥坚的东西。

男版东施

据说"中国第一美男子"是潘岳。潘岳即潘安，西晋著名文学家，有"河阳一县花"之称，是为数不多的用花来喻其相貌的男子，即"花样美男"。"貌若潘安"是形容男性英俊的第一词。

《世说新语》记载，潘岳是"男神"，妙有姿容，好神情。年轻时拿着弹弓走在洛阳大街上，妇女们手拉手一起围住他；驾车走在街上，连老婆婆都为之着迷，拿水果使劲往潘安的车里丢，掷果盈车。

美具有天然的号召力，看到惊为天人的俊男靓女，模仿的人亦多。

西晋著名文学家张载，博学多闻，但是甚丑。每次出行，小儿都以瓦石掷之，投石满车，跑慢了，差点被砸死。可见古人也是"外貌协会"的。美有第一，丑无第二，丑是没边的事。另有一人，更是大名鼎鼎，就是使得"洛阳纸贵"的左思。左思貌丑口讷，但辞藻壮丽，他十年磨一剑的《三都赋》风靡全国，丑男作家一鸣惊人，扬眉吐气。想到自己也是名人，看到潘安如此风骚，也学着到处游逛，这时妇女们都向他乱吐唾沫，弄得他"委顿而返"。伤了自尊，从此性格都变了，《晋书》说他"不好交游，惟以闲居为事"。

左思有个妹妹左棻，是晋武帝司马炎的贵妃。哥哥丑，妹妹也不会漂亮，怎么会成为皇帝的妃子？原来左棻是因为才情过人才被纳入后宫的。左棻比哥哥左思强，知道自己不漂亮，"姿陋体羸，常居薄室"，不作怪，不幻想"羊车望幸"。左棻善作文，是我国较早的女诗人，她以自己超群的德才受到帝王群臣的赞赏。

西施病心，东施效颦。不是天生丽质，作怪千万谨慎。

刘项是暗恋

这个世界上，最迫切想了解对方的，不是最爱的人，而是最恨的人，譬如刘项。

楚汉相争是两个江苏老乡的战争。项羽老家在江苏宿迁，刘邦老家在江苏徐州。两地有多远？大约一百一十公里，开车走高速一个多小时，坐高铁只要半个钟。地域上的接近有时让人生出天然的亲近，当然，反起目来，也最要命。

刘邦和项羽，究竟谁先走进谁的视野？坊间猜测，应该是项羽优先。籍"长八尺余，力能扛鼎，才气过人"，"世世为楚将"，年纪轻成名早，如日中天。项梁主事的时候，刘邦投奔项梁，开始与项羽共事，得以近距离接触。但在项羽眼中，刘邦就一普通同事，既不出众也不出格，只是一个默默的存在。这种"单相思"状态一直要持续到鸿门宴，刘邦才进入项羽视野。

项羽见刘邦先入关，大怒，曰："旦日飨士卒，为击破沛公军!"项羽之怒,骇人听闻。他发怒的时候,"千人皆废"。大凡对一个人真的动怒,就是比较在乎。鸿门宴上,刘邦巧言令色,项羽躁释矜平,不光主动揭秘了沛公身边的"卧底",还收下刘邦表达情意的礼物"白璧一双"。这种冲冠一怒,只是小和尚念经——有口无心。

真正让项羽动心的,是刘邦明修栈道暗度陈仓、还定三秦之后。四年多的楚汉之争,战力与谋略齐飞,楚河共汉界一色。过去根本没有把刘邦放眼里的项羽,突然发现刘邦成了最厉害的对手,这时才真的动心——动了杀心。世事可怕之处在于,等你将他列为对手的时候,他已经勒住了你的咽喉。四面楚歌,困于垓下,项羽突围,最后"以身相许"。自刎而死的项王,遗体为五人所得,"五人共会其体,皆是"。

虽然一个是末路之王,一个是开国之君,刘邦还是很在乎项羽的。他认同项羽给他的"汉王"封号,并以此名国。还按照鲁公的封号礼葬项王,亲自为之发丧,泣之而去。项氏宗族各旁支,汉王都不加杀戮,还特地都给他们赐姓刘,让刘项的血脉填平楚汉的"鸿沟"。

刘项之间像极了办公室恋情,从不注意,到小感动,到大缴械,到最后直接"拿下"。由此证明,世界上有一种成功,叫惺惺相惜。在的时候,你死我活;殁的时候,撕心裂肺。在与不在,都是敬重。无论是政敌,还是情敌,此情此景,概莫能外。

辑二 趣事

墨子和一辆掉链子的自行车

楚弓楚得

此故事散见于各典章之中，要拼接一下才完整。

话说楚共王携"繁弱之弓"和"忘归之矢"射猎于云梦大泽，全神贯注围追堵截狂奔的野兽时，不慎将良弓遗失。左右见了都要分头去找，楚共王拦住他们说："楚人遗弓，楚人得之，又何求乎?"成语"楚弓楚得"即源于此。

这事应该流传于春秋战国时期，本来是正面宣传，要表现楚共王胸襟宽广，结果却弄出了负面舆情。

"楚弓楚得"的故事挂出来之后，"儒释道"三家的大V，排着队来"抢沙发"。

仲尼（孔子）闻之，曰："惜乎！其不大。亦曰人遗弓，人得之而已，何必楚也!"孔子下手快，他的帖子说，真可惜啊，楚王的格局不够大，去掉"楚"字，说"人失弓，人得弓"不是更好吗?

老聃（老子）闻之，跟帖曰："去其'人'而可矣。"意思是再去掉那个"人"字，变成"失之，得之"就更合适了。

明末高僧莲池大师通过《竹窗随笔》回答"楼上的"说：不管弓在与不在，楚王都还是楚王，弓不过是身外之物，说什么得失存亡，都因为太看重一个自我，我执为根，生诸烦恼，应该四大皆空。

楚共王和他"一鸣惊人"的父亲、春秋五霸之一的楚庄王相比，为人比较温和。老实人总是被人欺，世道如此，王道一样。一人干十人看，来了一帮道德完人，一个比一个牛，唾沫横飞，评头品足，让人无所适从。这种舆论乱象像极了曾经的网络空间，站在道德的高地上，谁都可以吼一嗓子。吼完之后，概不负责，这样的做派，难道其来有自？

当然，大V们这样做绝不只过过嘴瘾，而是有所图有所得。孔子因此被称之为"大公"，老子因之被称为"至公"，佛教高僧我称之为"超公"。一直教导我们要加强道德修养的圣人大德尚且容易落入俗套，我等浊物，遇事信口开河，见人臧否是非，可不慎乎？

道德·老子

驴鸣悼亡

人人都有癖好，人无癖不可交。

王粲是东汉末年文学家，"建安七子"之首，深得曹氏父子信赖，赐爵关内侯。公元217年春，王粲在返回邺城途中病逝，时年四十一岁。

当时的曹丕还是世子，亲率众人为其送葬。王粲生前喜欢听驴叫，曹丕对大家说："王好驴鸣，让我们学一次驴叫，为他送行吧！"于是曹丕带头，一片驴叫之声，此伏彼起，一批有文化的"驴"为"驴友"送最后一程。

这就是典故"驴鸣送葬"的出处。

尊重爱好就是对一个人最好的尊重，哪怕他的爱好是学驴学猫学狗叫，他叫你叫我也叫，有"叫"无类，这才是同声相应，同气相求。

学驴叫的故事还有一个。孙楚是西晋大臣，也是当时著名的文学家。不过他为人比较傲慢，不怎么合群，对待自己看不上的人基本不会给好脸色。他非常敬重西晋名士王济。王济去世，当时有名望的人都来吊丧。孙楚后到，对着遗体痛哭不已，众宾客都感动得泪流满面。他哭完后，对着灵床上的王济说："你平时喜欢听我学驴叫，今我为卿作。"于是，他四肢着地，仿佛驴状，深吸一口气，引颈高叫"呃啊——呃啊"，学得像真的一样，宾客们都笑了。孙楚抬起头，板着脸说："老天爷不开眼，怎么能让王济死去，却让你们这帮家伙活着。"

　　牵扯到驴基本无好话，说人蠢笨是蠢驴，讲人固执是倔驴，"驴粪蛋外面光"是很厉害的骂人话，至于骑驴找马、卸磨杀驴、黔驴技穷这样的话语体系，驴的地位都很不堪。孙楚肯定是驴脾气，他没有曹丕那样成建制的"叫驴团队"，只好自己独叫一曲来传情达意。孙楚应该是没什么朋友的人，"孙楚学驴鸣"说明他们两人"驴驴相惜"，相看两不厌，与感恩王济的青眼相加有关系，主要应该是对知音难再得的最后一声悲鸣。

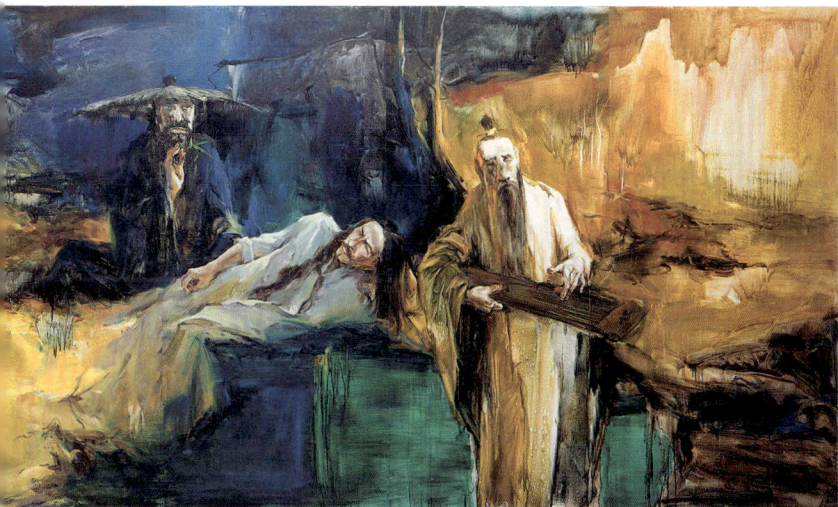

知音

颠倒众生

"年年岁岁花相似，岁岁年年人不同。"岁月不居，时节如流，为何总是物是人非？

有一次，和羊城晚报刘海陵社长聊起新闻界人才状况，他的一个描述非常传神：

年轻时候特佩服部主任，部主任拿起稿件一看，提出意见，句句中肯。部主任也有佩服的人，部主任佩服老总，总编辑随便一个点子，都是好新闻。2010年之后，剧情反转。现在的情况是，对很多东西，老总看不懂，部主任半懂不懂，只有年轻人懂。

怎么办？谁懂听谁的，年轻人懂，就听年轻人的。在媒体融合的征途上，编辑部里经常看到花白头发的前辈，弯腰请教小伙子大姑娘。在家里，老爸老妈经常戴着花镜请教儿孙晚辈，教了多次也学不会，被晚辈呛了后还犟嘴曰："老娘是不耻下问。"其实，问题面前无长少，学问上面没大小，谁能谁就是先生。这个道理，古今皆然，只不过于斯为盛。我们从未见过如此谦卑的长辈，互联网让我们见到了。互联网时代，老年人相信一切，中年人怀疑一切，青年人懂得一切。

"花相似""人不同"出自唐代诗人刘希夷的《代悲白头翁》，此句后面接着的是："寄言全盛红颜子，应怜半死白头翁。此翁白头真可怜，伊昔红颜美少年。"意思是年轻人要照顾老年人的情绪，当年他和你一样意气风发、敢为人先。刘希夷这么一个善解人意的孩子，不曾想却被舅舅害了性命。是时也，刘希夷写完这首诗后请教他的亲舅舅宋之问。宋之问读到"年年岁岁花相似，岁岁年年人不同"之后赞叹不已，就想占为己有，甚至提出花钱把那两句诗买下来。刘希夷不干，宋之问恼羞成怒，指使家中仆人，用装满泥土的袋子把自己的亲外甥活活压死。这应该算是古代因知识产权而谋"才"害命的一桩公案。

经济基础决定上层建筑，生产力决定生产关系，科技正以爆炸的速度改变着一切，包括世间人伦、工作层级。过去我们眼光向上请示，现在向上请示的同时向下请教。

多年父子成兄弟，多年母女成姐妹，很多的东西都变了，真个是物是人非。

蝴蝶效应

"蝴蝶效应"是美国气象学家爱德华·罗伦兹观察到的一个现象，最常见的阐述是：南美洲亚马孙雨林中的一只蝴蝶，偶尔扇动几下翅膀，可以在两周后引起美国得克萨斯州的一场龙卷风。

初闻此说，如谈禅说怪。南美北美，隔着半个地球，一只小小的蝴蝶，能像妖孽般搞出这么大动静？可人家科学家偏说如此，而且还用电脑进行模拟，证明一个不起眼的小动作能引起一连串的大反应，并说这叫"混沌学"。

科学就是从现象中抽象出规律，这个规律能无数次应用和说明现实。"蝴蝶效应"不仅在气象学中证明是对的，在其他领域也能得到验证，而且还能抚今追昔，解释历史事件。

两千五百多年前的吴楚边境，"两只蝴蝶"在翩翩起舞，看看能出什么幺蛾子。《吕氏春秋》载，楚国有个和吴国接壤的边境小城叫卑梁，卑梁的小姑娘和吴国边城的小姑娘有天同在边境上采桑叶，嬉戏玩闹中，吴国小姑娘不小心弄伤了卑梁小姑娘。卑梁的人带着受伤的孩子去责备吴国人。吴国人出言不恭，卑梁人一怒之下杀了吴国人。吴国人去卑梁报复，把那个卑梁人全家都杀了。卑梁太守大怒，说："吴国人怎么敢攻打我的城邑？"于是发兵把吴国边城老幼全杀了。吴王听到这件事后很生气，派人领兵攻占楚国的边境小城。由此，吴楚发生了大规模冲突。吴国公子光率军在鸡父这个地方，和楚人交战，大败以楚国为主的七国联军，俘获了楚军主帅以及陈国大夫，接着又抓获楚平王的夫人。楚国真的是"赔了夫人又折兵"。

一只蝴蝶能引起一场龙卷风，两只蝴蝶能引起"世界大战"。这样的事件不是孤证。

郑宋大战在即，宋国大将华元率军迎敌，羊斟给他当驭手。为了鼓舞士气，华元烹猪宰羊大宴将士，唯独忘了"司机"羊斟。第二天开始作战的时候，羊斟愤怒地对华元说："昨天的事，你说了算；今天的事，我说了算。"于是，"驾驾驾……"一口气就把主帅的车直接开进郑国的军队里，"送肉上砧板"，华元被俘，宋军大败。一碗羊汤败了一国之军。

也有因为斗鸡伤和气，致使国家大乱的，更有因为一只甲鱼而弑君的。郑灵公请大臣们吃甲鱼，故意不给子公，"子公怒，染指于鼎，尝之而出"。结果怎么样？郑灵公被杀。这就是"染指"一词的出处。

"弃我去者，昨日之日不可留；乱我心者，今日之日多烦忧。"见微知著，鉴古知今，或许对我们当下为人处世有所裨益。古代"蝴蝶效应"的读后感是什么？《吕氏春秋》已经给出了答案："太上知始，其次知终，其次知中。三者不能，国必危，身必穷。"

赶车入敌阵

小丑备物

《国语》有篇短文《密康公母论小丑备物终必亡》，其内容是婆婆妈妈说事，但其风格不像《国语》其他篇章那样婆婆妈妈。

事情非常简单。周恭王出游泾水，密国诸侯康公作陪。这时"天上掉下三个林妹妹"，三个姣好的女子私奔康公。康公母亲是见过世面的，坚决要求康公把她们献给周王。因为"兽三为群，人三为众，女三为粲"。天子狩猎不会赶尽杀绝，诸侯处事会放下身段调研，天子不娶同胞三姐妹。你小子何德何能，左搂右抱，面前还站一个，"小丑备物，终必亡"。

这里的"小丑"不是京剧里鼻梁上涂块白粉的角色，也不是现代意义上为人不齿的势利小人，而大约相当于现在的"小人物"。按理说，康公是一国之主，小不到哪里去。但是，和周王比起来，不能称大；出自母亲之口，再大也小。小人物积累了过多的财货，等于积累了过多的风险。德不配位，必有灾殃。按照康公母亲的说法，物超所"职"，一样有灾殃。

就这么个简单的故事，读了无数遍，总是弄不明白这篇文章要表达什么意思。第一眼的理解是，不要赶尽杀绝，不要艳福享尽，不要漠视众生。

最近盯着此文的末尾琢磨，突然有所得。结尾曰："康公不献。一年，王灭密。"也就是康公不听老人言，立马吃亏在眼前。一年后，周恭王灭了密国，密国正式退出历史舞台，之后从未复国。

啥意思？也就是说，由香艳而至血腥，一步之遥。在君王眼中，臣子的行动，表面是"归女"，实则是"归心"。康公所作所为超越天子，实为"僭越"。康公妈妈眼睛雪亮，见微知著，不怪红颜三姐妹来得不是时候，只要求康公立马改过，无奈儿大不由娘。

这位妈妈真不一般。不过话说回来，天下当妈的，都不一般！

赤壁之疫

遥想公瑾当年，也与瘟疫相关。

公元208年，孙刘联军以少胜多、以弱胜强，在湖北长江段大破曹军，自此天下三分。这是"赤壁之战"，家喻户晓。

历史很骨感，真相都在骨头缝里。如果不精挑细剔，粗粗望去，赤壁鏖兵和冷兵器时代的两军对垒一样。事实上，军事力量的强弱，并非完全在士兵的多寡。人多势众的曹操此番面对的是三支军队：一是眼中所见的孙刘联军，二是天降东风的火兵，三是隐形作乱的疫兵。

疫病危害尤烈而不为人关注。正史《三国志》里对此瘟疫的记载虽然散落各处，内容却相当一致。

《周瑜传》："时曹公军众已有疾病，初一交战，公军败退，引次江北。"

《刘备传》："先主与吴军水陆并进，追到南郡，时又疾疫，北军多死，曹公引归。"

《武帝纪》:"公（曹操）至赤壁，与（刘）备战，不利。于是大疫，吏士多死者，乃引军还。"

人们最关注的是：曹军遭遇了什么疫情？既然是瘟疫，为何专和曹军过不去而放过孙刘？

学者考据发现，曹军要么遭遇了南方特有的急性血吸虫病，要么遭遇了北方流行的伤寒，二者必有其一。我认为曹军受到两种疫情的夹击，遭遇到双重麻烦。曹军以北方人为主，不适应南方的瘴疠之气，血吸虫最易攻击的是来自非疫区这些水土不服的人。而孙刘联军，常年生活在长江流域，体内有抗体，所以血吸虫疫情不会对他们造成多大影响。

曹操的水军主要是由投降过来的荆州水军组成，按理说不会受血吸虫病影响。问题是，"来自北方的狼"带来了另外一种瘟疫，就是厉害无比的伤寒。有多厉害？史载，东汉末年也就是赤壁之战前后，长江以北爆发了一场大瘟疫，病亡约两千多万人。时人统称"伤寒"，主要症状为发烧、咳喘，最后气绝而亡，病原体为动物携带的烈性传染病毒，死亡率极高。曹操在《蒿里行》写道："白骨露于野，千里无鸡鸣。生民百遗一，念之断人肠。"荆州水军与北方陆军日夜杂处，感染是大概率事件。

东汉瘟疫频密，平均五六年一次。孙刘联军为何此次没有中招？关键是有条天然的隔离带，也就是长江。双方隔着天堑备战，没有实质性接触。决战时，孙刘联军前面用火攻，又站位在上风口，因此感染概率很低。此战大结局在《三国志》中有记叙："公烧其余船引退，士卒饥疫，死者大半。"饥，死不了一半；疫，亡不了一半。饿病交加，舳舻千里、旌旗蔽空的曹军则"死者大半"。

庚子之年，包括赤壁古战场在内的荆楚大地，是抗疫的主战场。"大江东去，浪淘尽，千古风流人物。"如今才子，应该新写一首《念奴娇·赤壁抗疫》。

东坡游赤壁

后悔药

有两个"李浑"史上留痕，一个是说"卿不如我"的北齐大臣李浑，一个是隋朝大将军李浑。

隋朝李浑是世家子，因战功晋升为大将军。李氏家族的继承人死后，隋朝开国皇帝杨坚提议从李家后代中挑一人继承爵位。身为幼子的李浑想上位，他对自己妻子的哥哥宇文述说："如果您帮我承袭爵位，我每年将封地租赋的一半奉送于您。"宇文述动心了，经过他的游说，李浑得偿所愿。继承父业两年之后，说好的一半不给了。宇文述大为恼怒，两人因此成仇。后有江湖术士对杨广说："当有李氏应为天子。"劝其诛尽天下李姓之人。宇文述借机诬陷李浑图谋不轨，隋炀帝杨广因此诛杀李浑宗族三十二人。

这个李浑，犯浑，达到目的就食言。那个宇文述，不是好亲戚，不分一半，死你全家。

陶朱公长子"吝金害弟"的故事类此。陶朱公的二儿子在楚国杀人，大儿子带着千金去见庄生。庄生说："赶快回去，如果你弟弟被放出来，不要问原因。"陶朱公长子偷偷留在楚国，用他的私房钱打点楚国管事的贵人，请求"捞人"。庄生深得楚王敬重。他对楚王说："天空某星出现，对楚国有害，只有用恩德，才可免灾。"楚王说："我正打算办这事。"楚贵人告诉陶朱公长子："楚王要大赦，令弟将出。"陶朱公长子心疼千金白白送给庄生，就又到庄生家里说："楚王决定大赦天下，我是来辞谢的。"庄生知其意，便说："你自己到屋子里去拿金子罢！"陶朱公的大儿子拿了金子就走。庄生因被作弄，感到十分羞愧。便再见楚王："今天我出门，国人都说，陶朱公的儿子杀了人，他的家人拿金钱贿赂你的手下，所以你的大赦并不是怜悯百姓，而是为富豪脱罪。"楚王大怒，便命先杀陶朱公二儿子，第二天才下发大赦令。陶朱公的长子只能扶丧而归。

多少事，以钱铺路，最后归零。

不想从廉政的角度，批判这些行贿受贿的潜规则。也不想从法理的角度，说明本来就该杀、本就不该得。亦不想从世俗的角度，念叨成也萧何败也萧何。只想说，后悔药其实是有的，对于后悔的后悔就是后悔药。只是它药效有限，治愈不了人性的弱点。

钱至十万

《聊斋志异》里有个非常精彩的申冤故事。

席方平的父亲憨厚老实，和村里一个姓羊的富户结仇。姓羊的先死；几年后，席方平的父亲得了重病，告诉家人说："姓羊的在阴间买通鬼吏，不问青红皂白，要拷打我。"接着身上又红又肿，号叫着死了。席方平说："我父亲一生老实巴交，如今竟被恶鬼诬告。我要到阴间替父申冤。"

席方平经过艰难曲折的上访，由天神主持公道，将贪赃枉法的阎王、郡司、城隍、小鬼进行了严厉的行政处罚，涉嫌犯罪的，追究刑事责任。天神对富户羊某的判词尤其畅快："羊某，富而不仁，狡而多诈。金光盖地，因使阎摩殿上尽是阴霾；铜臭熏天，遂教枉死城中全无日月。余腥犹能役鬼，大力直可通神。"最后没收羊氏全部家产，补偿席方平全家遭受的冤屈。

同样是冤案，小说里快意恩仇，现实中却让人憋屈不已。

张固在《幽闲鼓吹》里记录了这样一件事：

　　唐朝时，张延赏即将担任财政大臣。他知道有一宗大案子很是冤枉，每每提起，就扼腕叹息。上任后，张延赏召见狱吏严加训诫，责令必须在十天之内将它审结。第二天上班，发现办公桌上放着一张便笺："出钱三万贯，请你不要过问此案。"张延赏大怒，更加督促速办。第三天，又一张便笺："五万贯。"张延赏看后更加气愤，责令两日内结案。第四天，依然来了一张便笺："十万贯。"张延赏说："钱至十万，可通神矣，无不可回之事。吾惧及祸，不得不止。"这个案子就这样不了了之。

　　张延赏害怕惹祸上身，最终选择了沉默。选择了沉默的张延赏，最终官至宰相。

炼金术

唐朝特洛伊木马

传说，特洛伊王子帕里斯访问希腊，撩走当时最美的女子、希腊王后海伦。希腊人咽不下这口被劈腿的气，组织多国部队远征。特洛伊城牢不可破，希腊军队与特洛伊勇士对战十年之久。有人献计制造一匹高两丈的木马，让二十多位士兵藏匿其中，大部队假装撤退而将木马丢弃于城外。特洛伊人将其作为战利品搬入城中，全城饮酒狂欢，庆祝解围。午夜时分，军民尽入梦乡，埋伏在木马中的勇士跳出来，开启城门，四处纵火，城外伏兵涌入，里应外合，特洛伊立刻被攻陷，杀掠和大火将整个城市毁灭。后世称这只大木马为"特洛伊木马"。

一直不理解，众目睽睽之下，一只明显有问题的木马，怎么就骗过了所有人？只要拿长矛往木马里捅几下，计策就露馅了。抗日神剧就是这么干的，小鬼子到村里扫荡，经常用刺刀往草垛里扎，抗战的人分明藏在里面，就是扎不着。敢情希腊神话里的英雄们，智商不如小鬼子？

唐朝时上演了一部真实版的"特洛伊木马"剧。唐高宗时，突厥诸部相继反唐，朝廷让裴行俭任定襄道行军大总管，率军讨伐。裴行俭是大唐名将，文武兼备，尤擅草书、隶书，史书称之为"儒将之雄"。他分析前任失败的原因，是因为运粮车被敌军所抢，很多士兵冻饿而死，得了便宜的突厥军这次还会复制之前的做法，于是命人准备三百辆粮车，每车埋伏五名勇士，每人拿着长柄大刀、强弓劲弩；然后派几百个老弱病残的士兵护车送粮，精锐主力则秘密跟随。突厥兵果然前来劫粮，护送的老兵丢下粮车四处逃逸。突厥兵把粮车赶到水草边，解下马鞍，放马吃草，搬运车上的粮食。突然，埋伏的勇士从车中飞跃而出，唐朝大部队正好追击而至，前后夹击，将突厥兵"杀获殆尽"。此后，突厥兵再也不敢抢劫粮车。

特洛伊木马是传说，裴行俭的"木马"是真实，而且埋伏了一千五百多人，规模大多了，也厉害多了。奇怪的是，这么好的故事没人传扬。如今黑客借用希腊神话，制造出"木马病毒"，利用计算机程序漏洞，窃取文件。如果裴行俭的故事大热，说不定黑客们会将他们的程序命名为"裴行俭病毒"。

请杀之

许多的命悬一线都发生在神不知鬼不觉中。

《史记·商君列传》载，商鞅在魏国的时候，魏国相国公叔痤年老病重，便向国君魏惠王推荐商鞅接自己的班，魏惠王没有表态。公叔痤就说："商鞅年虽少，有奇才，大王如果不想用他，一定要把他杀掉，千万不要让他为别国所用！"魏惠王也没有采纳。公叔痤去世后，商鞅西投秦国，得到秦孝公的重用，实施著名的商鞅变法，奖励耕战，自此秦国力日强，遂以霸。

不为我用，便为我杀，不给未来的竞争对手留下根苗，古人思维非常极致。

晋公子重耳一路颠沛流离，受尽白眼，来到楚国。楚成王慧眼识人，觉得重耳一定能成大事，就用最高规格的礼节款待他。酒酣耳热之后，楚成王问重耳："子若克复晋国，何以报我？"重耳再拜稽首对曰："您啥都不缺，又叫我用什么来报答您呢?"楚成王说:"话虽然这么说,可总该对我有所表示吧?"重耳回答:"要是托您的福,能够回到晋国,将来万一晋、楚两国交战,我愿退避三舍。要是这样还得不到您的谅解,那么我只好披挂上阵,以与君周旋。"楚令尹子玉说:"请杀晋公子。如果不杀,一旦他回到晋国,必然会给楚军带来大麻烦。"楚成王不听,还厚币以送公子入秦。其后,晋楚城濮之战,晋文公重耳兑现许下的诺言,下令军队后退九十里,大败楚师,走上春秋五霸的神坛。

杰出人士,明里暗里,遭受刀枪剑戟;普通之人,相互之间,频频使出斧铖钩叉。我们都是普通人,只关心世态人情。做普通人的狼狈之处就是经常被上面的人踩,但是,更多的踩踏发生在普通人之间。村夫村妇,布衣之怒,以头抢地。市井小民,一言不合,拔刀相见。更有虚拟空间,网络暴力,人人都是受害者。普通人为何总是为难普通人?人生百年,都在刀头上滚过。观世态百相,大多数的险恶,不为己知。看现实世界,更多的杀机,来自背后。何以远祸?以德为先。化险为夷,还得靠自己。

春秋争霸图

楚王绝缨

这两个故事很难联系到一块。一古一今，一君王一教师。除了楚庄王外，其他人连名字都没有。不知为什么，我总是将它们连在一起。

楚王宴客章华台，请群臣喝酒，日暮酒酣，蜡烛突然熄灭，有人趁机拉美人衣服。这个美人可不是好惹的，一把就扯下此人的帽带，告状楚庄王："有人非礼我，我扯下他的帽带攥在手里，赶快点灯，看看谁的帽带断了。"楚庄王说："是我让他们喝酒的，醉后失礼是人之常情，怎么能为了显示妇人的贞洁而让臣子受辱呢？"于是大声说："大家与我喝酒，不扯断帽带的话不尽兴。"群臣百余人都把帽带扯掉，然后点亮灯接着喝，尽欢而散。三年后，晋楚交兵，有一位士臣奋勇争先，五场战斗都冲杀在最前面，首先杀败晋军，楚军最终获胜。楚庄王感到很奇怪，就问这位士臣说："寡人德薄，又从来没有特殊厚待过你，你为何这么奋不顾身？"这位士臣说："我罪当死，上次宴会上醉后失礼，大王您隐忍不治我的罪。我始终不敢因为受您德泽而不报答，总想着怎么为您肝脑涂地，血洒敌阵。我就是当年帽带被扯下的那个人。"

此事感动了唐代诗人李颀，他专门写了一首《绝缨歌》："红烛灭，芳酒阑，罗衣半醉春夜寒，绝缨解带一为欢。"之所以歌之咏之，主要是动人。世上事，很多可大可小。楚庄王的这个士臣，敢对国王的女人动手动脚，起码是"性骚扰"。如果自由裁量，可以有民事、刑事、政事三个级别选择。楚庄王大气，容人之过，不仅不张扬，还小事化了。有的人不怕事大，千方百计把事情搞大，所谓"毁人不倦"是也。

下面这个诲人不倦的逸闻，好感动。

一次婚宴上，一位中年男士认出了他的中学老师，便上前恭敬地说："老师，您还认得我吗？"老师仔细看看："对不起，我记不起来了。"学生："老师您再想想，我就是当年在课堂上偷手表的那个学生。"老师看着他，还是摇头说："我真的认不出你了。"学生："有个同学丢了手表。当时您叫全班同学蒙上眼睛面向墙壁站着，然后您一个个搜查我们的口袋。当您从我口袋里搜出手表时，我想我完了，从此抬不起头来。但您搜完全班同学后，才叫我们回到座位，把手表还给失主，继续上课。一直到我毕业，这事都没人提起过。老师，现在您应该记起我了吧。"老师微微一笑，说："我怎么会记得你呢？当时我也蒙上了自己的眼睛。"

这是一位无名的老师，在我的印象里如君王。

楚庄王图强

慎终如始

开国之君和末代皇帝，是一个朝代的开头和结尾。自秦以降，逮至大清，我国十七个王朝更替迭代，你方唱罢我登场，其情其景，让人唏嘘。

"千古一帝"秦始皇，"奋六世之余烈，振长策而御宇内"，威震四海。十六年后，期望"递三世可至万世而为君"的秦朝，灰飞烟灭。秦朝最后一位统治者秦王子婴，在位仅四十六天。项羽入关，杀子婴。

汉高祖刘邦起于布衣之中，奋剑而取天下。杀白马为盟，誓曰："非刘氏而王者，天下共击之。"四百零七年后，东汉王朝末代皇帝汉献帝刘协，退位禅让曹魏，迁居山阳城，远离政治，利用学过的医术，悬壶济世。他扎针、艾灸、拔罐、刮痧都不要钱，最后得以善终。

唐高祖李渊父子起兵太原，定鼎关中，创建大唐，翦灭群雄，天下为一。二百九十年后，唐朝末代皇帝李柷逊位后被毒杀。

宋太祖赵匡胤南北驱驰，终结五代十国混战局面，"陈桥兵变"后被拥立为帝，建立大宋王朝。三百一十九年后，崖山海战，南宋最后一支抗元力量覆灭，南宋大臣陆秀夫背负八岁幼帝赵昺蹈海殉国。

"一代天骄"成吉思汗，率领蒙古铁骑，逢敌必战、逢战必胜，纵横亚欧大陆。九十九年后，元朝末代皇帝妥懽帖睦尔，从大都退回漠北草原，结束元朝对全国的统治，他本人则失国亡身。

明太祖朱元璋"本淮右布衣"，从社会最底层起步，推翻蒙元，成为明朝开国皇帝。二百七十七年后，北京城陷，崇祯亲自砍断十六岁的长平公主左臂，曰："汝何故生我家！"又杀死昭仁公主，杀死诸多妃子，最后自缢于煤山，时年三十五岁。

清太祖爱新觉罗·努尔哈赤，二十五岁起兵统一女真各部，创立八旗，建立后金，割据辽东。萨尔浒之役使明朝在辽东的军事力量受到毁灭性打击，之后席卷辽东，迁都沈阳，奠基清王朝。二百九十六年后的1911年，辛亥革命爆发，清朝末代皇帝溥仪逊位。1967年，溥仪因患尿毒症去世。

有个穿越的话题：假如开国之君遇见末代皇帝会怎么样？还能怎样，就两耳光。一耳光打在不肖子孙的脸上，一耳光打在自己的脸上。

　　由此想到"慎终如始"。该词出自《老子》："慎终如始，则无败事。"意思是结束时仍然慎重，就同开始时一样。指做事要从头至尾小心谨慎。又想到另外一句话："靡不有初，鲜克有终。"语出《诗经》，意思是说做人做事做官没有人不肯善始，但很少有人能善终。

涿鹿之战

前赴后继

　　唐代宗李豫是唐玄宗的孙子，历经丧乱。此时盛唐不再，各地节度使拥兵自重，朝廷没有多少话语权。庙堂之内，权臣当道，不把皇帝放在眼里。代宗的朝堂连续出现三位权臣——李辅国、鱼朝恩、元载，皆能干霸道，权倾朝野。

　　李辅国亲自拥立唐肃宗李亨、唐代宗李豫父子两代君王，是唐代第一个封王拜相的宦官。李辅国奇丑无比，尽心侍奉唐肃宗，赢得无限信任。他大权独揽，成了李唐王朝的实际控制者。天下大事几乎全决于李辅国，朝臣所奏之事先经他手然后才告知肃宗，宰相及朝中大臣想见皇帝都须经过他的安排，皇帝的诏书也需要李辅国署名才能施行，群臣不敢提出不同意见。肃宗病死后，拥立代宗李豫登基。他对唐代宗说："大家（作者注：皇帝的俗称）但内里坐，外事听老奴处置。"唐代宗深感受制于他，派人深夜将其刺杀，割下头颅扔进厕所中，谥号为丑。

李辅国被诛杀以后，吐蕃大军又攻打长安，代宗出逃在外。关键时刻，鱼朝恩率领援军赶到，不仅使代宗脱离危险，而且唐军也由此军心大振，为以后的胜利奠定了基础。代宗因其有功，便命鱼朝恩自由出入宫廷、开府仪同三司。但是，鱼朝恩专权使气，宰相大臣处理政事时，不先和他讲，他便怒目而视："天下之事，岂不由我乎?"

鱼朝恩是宦官，但有一大群养子，最小的养子才十四五岁，在宫中当差，穿绿衣（作者注：六、七品官服）。有一天，小儿子告状说受了同列欺负。第二天一早，鱼朝恩就怒气冲冲地拉着儿子入宫，在朝会上当着文武百官的面对代宗说："我儿子官职太低，经常受人欺负，请皇上赐他紫衣（作者注：三品以上官服）。"还没等天子发话，有关官员就捧出了一袭紫衣给他的小儿子穿上。事已至此，代宗勉强露出笑容，说："此儿穿上紫衣，还是非常合身嘛。"宰相元载和代宗一起，密谋诛杀鱼朝恩。寒食节宴会后，代宗借口留下鱼朝恩。代宗指责他图谋不轨，鱼朝恩争辩不已，言语傲慢，遂将他缢杀于内侍省。

宰相元载上位。他自恃除恶有功，认为满朝文武，无人比得上自己，也不把皇帝放在眼里。他上奏皇帝：百官论事，先报告他们的上级，上级再报告宰相，宰相看着办，再报告皇上。甚至在很多时候，元载都先斩后奏，完全不给皇帝面子。元载独揽朝政，贪腐之风公开流行。他在京城修建两座府邸，豪华宏丽，冠绝百官，仆婢众多，歌姬成群。唐代宗登基以来，一直受到权臣欺压，受够了。在元载帮助代宗诛灭鱼朝恩七年后，代宗逮捕元载赐之自尽，同日全家坐罪赐死，亲信全部处决，斩草除根。

皇帝，不是那么好欺负的。

安史病毒

"安史之乱"于大唐，如同新冠病毒入侵健康肌体，过程极为相似，手法十分雷同。

科研表明，新冠病毒侵染人体的第一步是与宿主细胞结合。"安史之乱"的祸首是突厥人安禄山和史思明，两人的发迹过程基本相同。安禄山本是偷羊贼，被抓后参军，以骁勇出名，受到唐朝守边高级将领的赏识。"安史病毒"结合上了大唐肌体。

结合后的病毒开始进入宿主细胞。安禄山用厚礼贿赂各级官员，唐玄宗信赖的朝臣，包括杨贵妃都为他说好话。后来安禄山当了杨贵妃的养子，进宫朝见唐玄宗都先拜杨贵妃，唐玄宗觉得很奇怪，安禄山回答说："臣是胡人，胡人把母亲放在前头，把父亲放在后头。"唐玄宗听了非常高兴。同样的把戏，他又拿太子演了一遍。安禄山在朝时，玄宗命见太子，禄山不拜，曰："臣胡人，不知太子者何官？"唐玄宗说："我不在世的时候，代我来管你的就是他。"安禄山说："只知陛下，不知太子。"唐玄宗还是非常高兴。

安禄山身体胖大、大腹便便。玄宗有次问他："你这胡儿肚子里装的是什么东西，怎么这么大？"安禄山应声而答："儿臣肚子里没有别的东西，只有对父皇的一颗忠心！"因为会说奉承话，唐玄宗对其宠信无以复加。时机成熟后，安禄山起兵。当时承平日久，几代人没见过战争，不会打仗了，因此叛军所经之处，大唐军队都望风瓦解。

当身体组织受到感染，大量的普通细胞或者免疫细胞死亡，导致全身炎症反应，引起器官衰竭而身亡。"安史之乱"为唐由盛而衰的转折点。这场内战使得唐朝人口大量丧失，国力锐减。

在七年又两个月的"安史之乱"中，"病毒"发生变异。安禄山死在自己的儿子安庆绪手中，史思明又杀死安庆绪。接着，史思明死在自己的儿子史朝义手中。史朝义和唐军作战，连连败北，最终兵败自杀。"安史之乱"虽然至此结束，但是，病毒依旧在持续变异。安史旧将田承嗣、张忠志、李怀仙皆领节度使之职，这就是所谓"河北三镇"。三镇逐渐把地方政治、军事、经济大权集于一身。以后其他地区也开始各自割据，削弱了封建集权，唐王朝也失去了对周边地区少数民族的控制。自此，唐王朝内忧外患，朝不保夕，时刻担心余毒"复阳"。

范仲淹的"三驾马车"

天灾不可避免，就像要下雨和不下雨一样，都是没办法的事。但灾害可防，可救，可赈，于是就有了荒政。

《梦溪笔谈》记载，公元1050年，浙江地区发生百年不遇的大旱，引发大面积饥荒，饿死的人沿路相望，杭州是重灾区。老天给了个烂摊子，怎么收拾？

此时的范仲淹在杭州做地方官，他的荒政理念不同寻常，主要干了三件事。

策一：加大基建投资力度，实行以工代赈。范仲淹召集各寺庙的一把手开会："饥岁工价至贱，可以大兴土木。"于是各寺庙开始招募工人，兴建楼堂馆所。他又命令杭州各官署开展政府基建，兴建官仓及公务员宿舍。有活干，有收入，杭州城涌来大量农民工，每天雇佣的劳力有千人之多。现代经济学认为，政府增加基础投入，通常能带来几倍于投资额的社会总需求和国民收入，出现"乘数效应"。

策二：刺激消费，拉动内需。杭州百姓喜欢赛龙舟，范仲淹就鼓励百姓举行划船比赛。本来这是季节性的娱乐活动，范仲淹在大灾之年"冒天下之大不韪"，组织大规模的龙舟竞渡，自己带头宴饮于西湖之上观摩。老百姓见状，皆扶老携幼出家门，西湖游人如织。这年的龙舟赛破天荒地从春延到夏。江浙夜经济自古繁华，旅游消费带活交通，盘活景区，同时，还舒缓民众压力，相当于"灾后心理援助"。

策三：使用价格杠杆，调控供求关系。所谓饥荒，就是缺粮，饥岁最愁的是无粮可买。范仲淹下达行政命令，将杭州的粮价提升到远高于全国均价的水平。各地粮商看到商机，不舍昼夜将谷米运往杭州。市场饱和后，价格自然回落，最关键的是杭州百姓有粮了。

那一年，灾情凶猛，"唯杭州晏然，民不流徙"。这无疑归功于范仲淹的经济学头脑。但他却因此受到监察部门的弹劾，罪名是："不恤荒政，嬉游不节，及公私兴造，伤耗民力。"范仲淹亲自起草文件申诉：我之所以鼓励百姓宴游湖上，鼓励寺院和官府大兴土木，用意是借有钱的机构和富户，来救济贫苦无依的贫民，使老百姓靠出卖劳力过生活而不是坐等救济。官府和民间所提供的工作机会，让每天数万人没有饿肚子的忧虑。

我们常把投资、消费和出口称为拉动经济增长的"三驾马车"，范仲淹"荒政三策"显示，他是成熟的"骑手"。

一语救两家

人不能遗世独立，需要待人处世。遇人要言谈应对，遇事更需讲道理。虽然一言兴邦、一言丧邦有点过，但对个人而言，会说话能救命却是真的。

西晋时尚书令乐广有五男一女，他的女儿嫁给成都王司马颖为妻。成都王的哥哥长沙王当时正在京都洛阳掌管朝政，权势熏天。成都王于是起兵讨伐，图谋取代哥哥，操纵朝廷。长沙王司马乂平素亲近小人，疏远君子，凡是在朝居官的，人人忧惧，个个小心。尚书令乐广在朝中素有威望，加之又是成都王的岳父，一帮小人就在长沙王司马乂跟前说他的坏话。长沙王于是生出杀机，便追查乐广和女婿司马颖有无勾结，并当面查问乐广。乐广神色自若，从容地回答："岂以五男易一女？"意思是难道我会因为一个女儿而让五个儿子去送命？长沙王"由是释然，无复疑虑"。也就是说，长沙王心中一块石头从此落了地，不再怀疑和顾虑他。

乐广真会说话，抓住核心要害，一语消融杀机。同样是这句话，后来还挽救了另外一家人的性命。

谢景重的女儿嫁给王孝伯的儿子，两位亲家翁的关系非常好。谢景重在太傅司马道子那里当官，他的亲家王孝伯起兵讨伐司马道子，不久失败身亡。司马道子杀气腾腾地对谢景重说："你亲家谋反，听说是你给他出的主意？"谢景重听后毫无惧色，从容地回答："尚书令乐广曾经说过一句话，'岂以五男易一女'。"太傅认为他回答得非常好，便举起酒杯敬他说："回答得实在妙！实在妙！"

这两件事均见于《世说新语》，虽然其人其事早已消散在历史的深处，但抓住关键，一语破的的方式方法很值得学习。言简意赅，既能消除误会，也能除难消灾，还能得到对方欣赏，可见会说话是真本事。

新三不朽

皇帝希望"递三世可至万世而为君",普通人也盼望好事不断、香火有继,这是人情世故。然而,富不过三,贵不过三,事不过三,走着走着,祖上的根脉就断了,所谓"君子之泽,三世而斩",应该是人事代谢的铁律。

事有例外,比如范家。

公元前549年,鲁大夫叔孙豹出使晋国,晋卿范宣子到京郊迎接,欢迎仪式结束后,范宣子以请教的口气问叔孙豹:"古话说的'死而不朽',究竟指的什么?"叔孙豹还没来得及回答,范宣子就颇为得意地说:"我们范氏家族,从虞、夏、商、周以来都是世家大族,这或许就是'不朽'吧?"

范家确实了得,远的不说,晋国的范氏就很有智慧。范武子、范文子、范宣子是祖孙三代。爷爷范武子急流勇退,让位于人,全身远祸。有天,儿子范文子下班回来很晚,向老爸解释说:"有位秦国来的客人用隐语问朝臣,大夫中无人能对,我就回答了其中的三个问题。"武子发怒说:"大夫们不是不能回答,而是在谦让。你个后生仔,三次抢答,盖住别人风头。如果不是我还活着,你早就遭殃了!"越说越气,就用手杖打儿子,把范文子帽子上的簪子都打断了。

经过一系列的敲打,范文子牢记父亲教诲,迅速从一个原生态青年成长为一位老成持重的官员。有次和主帅外出作战,大获全胜,他怕人们把注意力集中在自己身上而冷落主帅,就最后一个入城。国君接见各位将士,表扬他们的功绩,包括范文子在内的众将士都"推功于上":这次成绩的取得,主要靠上级的正确领导,我们只做了该做的事,有什么功劳可言?后来,范文子看到新的国君打完胜仗后骄傲自满,担心祸难及身,就自己诅咒自己,最后真的把自己咒死了,范家因此得以保全。

含着金勺子出生的范宣子也不是孬种,家庭的门望为他的仕途铺平了道路,他很早就执掌国政,主导了晋国中兴,成为历史名臣。因此,他认为自己的家族是"不朽"的全国典型。叔孙豹说,你们家这叫"世禄",不是"不朽",继而说出了千古名言"三不朽":"太上有立德,其次有立功,其次有立言,虽久不废,此之谓不朽。"

所谓"世禄",就是官吏们父死子继、世代接续、绵延不断地享有封地及其赋税收入。反观范家言行,传承的是一套做官的心法:不出头,不抢功,善避事,明哲保身,不得已,则舍身保位，为后辈留下官道。这些做派，虽不是一无可观，但离"不朽"还隔着档次。官事上连君事下连民事，是不可或缺的一环，政声人去后，如此重要，可否提倡"新三不朽"：太上立政德，其次立政绩，其次立政言，虽久不废，此之谓新不朽。

姜是老的辣

孔子是至圣先师，看问题与我们确实不同。我们认为对的，他说错；我们觉得是好事，他觉得不是。

子路在卫国蒲城当县长。为防备水灾，亲率民众在春天兴修水利。他见民众辛苦，又没有吃的，就用自己的薪俸为民工每人每天发放"一箪食，一壶浆"。孔子听说此事后，马上派子贡前去制止，甚至还摔碎了碗和罐子。

这样的事发生过不止一次。鲁国的法令规定，鲁国人在其他诸侯国给人当奴仆，有能赎出他们的，可以从国库中领取奖金。子贡从其他诸侯国赎出了很多做奴仆的鲁国同胞，回来坚决不要国家的奖金。这件事又被老头子骂了一顿。

孔子说："端木赐，你搞错了！从今以后，鲁国不会再有人去赎救同胞了。"子贡问为什么。孔子说，天下是富人少而穷人多。赎回同胞，支取金钱，对品行没有损害。不领取奖金，就让这个"鲁国同胞救赎条例"失效，就不会再有人赎人了。

　　"水利事件"让子路怒气冲冲："夫子您口是心非，嘴上教我们做君子，行动上却是小人，我不接受。"孔子说："你知道民工饿肚子，为什么不报告君王，请君王开仓放粮？你私用自己的财产去救济民众，是你公开彰显君王寡恩少惠，而传扬你的道德仁义。你赶快停下还有得救，不然马上就会获罪。"子路出了一身冷汗，豁然醒悟。后来，子路救起一名落水者，那人感谢他，送了一头牛，子路收下了。孔子说："这下子鲁国人一定会见义勇为了。"

　　国事如此，家事也一样。曾参锄地，不小心把瓜根挖断了。他父亲非常生气，抡起一根大棒，把曾参打倒在地，曾参昏迷好久才苏醒过来。他怕父亲担心，就忍着剧痛，装出若无其事的样子，回到屋里弹琴唱歌，用这种方式让父亲知道自己平安。孔子知道这件事后生气地说："曾参要是来我这里，别让他进门！"曾参不知道自己错在哪。孔子说："舜的父亲对舜很不好，平时父亲生气，打他两巴掌，就让他打。如果拿大棒子就赶快跑，避免父亲在盛怒之下打出人命。现在你明知父亲盛怒而不跑开，万一打出人命，岂不是你陷父亲于不义？"

　　世事很复杂，孔子不简单。

无出师门

耳熟能详的事情，有时经不起推敲。

薛谭向秦青学习唱歌，还没有学完秦青的技艺，自以为学尽了，便告辞回家。秦青没有劝阻，而是在城郊的大路旁给他饯行，秦青打着节拍，悲声高歌，声振林木，响遏行云。薛谭听了后便向秦青道歉，并请求能回来继续跟班学习，从此一辈子不敢再说回去的事了。

这篇故事原意是告诫人们学无止境，千万不可稍有成功就自满。我以为，薛谭学讴，无出师门，很不好。学生想独立，老师不乐意，露一手绝活镇住你，要学生永远人身依附。这不是老师应有的态度，这是老板的做派。

飞卫是个好老师，他只教纪昌两个要领：一是先学不瞬，也就是看东西不眨眼；二是视小如大，也就是把眼睛练成放大镜。纪昌学成之后告诉老师，飞卫手舞足蹈地说："汝得之矣！"纪昌自此觉得全天下只有老师一人和自己匹敌，于是谋划除掉飞卫。有一天两个人在野外相遇。二人交射，两支箭的箭头都是在空中相撞，全都掉落地上。飞卫的箭先射完，纪昌还剩最后一支，他射了出去，飞卫拿起身边的棘刺条，分毫不差地挡下飞箭。于是两个人都扔下长弓相拥而泣，结为父子。

这则寓言的原意是要有良师，要刻苦有恒，才能少走弯路。作为老师，在传授学生的时候切记要提升自我，和学生一起成长。而纪昌学射故事最后一句话经常被人忽视：纪昌和飞卫结为父子之后，"剋臂以誓，不得告术于人"。也就是说，他们刺臂为盟，发誓不将技术告诉外人。我以为，这是师生搞学术小圈子，搞知识产权垄断，实行学术控制，是"学棍"作风。

最欣赏的还是"悟空学艺"。石头缝里蹦出来的美猴王，来到灵台方寸山，进入斜月三星洞，菩提祖师教了孙悟空七十二般变化以及筋斗云等诸多神通，之后深藏身与名，不参与世事，再没有出现过。他放手让弟子去大闹天宫，创出一番自己的事业，最后弟子得道成佛，位列仙班。这才是最好的老师，真正的大师出高徒。

程门立雪

110

麈尾指坐

座位是稀缺资源，给谁不给谁，学问大了去。

晋武帝司马炎有意要把帝位传给儿子司马衷，司马衷的老师卫瓘认为太子蠢笨，总想奏请废掉他。一天，晋武帝在陵云台设宴，卫瓘假装醉酒，跪在武帝面前，用手拍着武帝的座床说："这个座位可惜了！"武帝当然明白他的用意，因而笑着问："您醉了吗？"

谏奏不成，司马衷还是坐上了帝位，是为晋惠帝。王夫之评论："惠帝之愚，古今无匹，国因以亡。"惠帝的老婆就是"丑人多作怪"的贾南风皇后，貌丑而性妒，专权朝政，坏事干尽。还有一事说明惠帝的昏聩痴呆。有一年天下饥荒，百姓饿死，帝曰："何不食肉糜？"蠢夫配丑妻，相得益彰。

座位的远近也有玄机。东晋高僧支道林要离开南京，当时名士一起去送行。蔡子叔先到，就坐到支道林身旁；谢万石后来，坐得稍为远点。蔡子叔去上洗手间，谢万石就移坐到蔡子叔的座位上。蔡子叔回来，一见，就拉着坐垫使劲一扯，将谢万石拉倒在地，自己再坐回原处。谢万石头巾都掉了，慢慢爬起来，拍干净衣服，回到自己座位上，丝毫没有生气，神色很平静地对蔡子叔说："你真是个怪人，差点划破我的脸。"蔡子叔说："我本来就没想给你面子。"其后二人俱不介意。为了离学问大的人近点，打上一架也不在乎。

何充美容英姿，才气渊博，善能文章。有次去拜见丞相王导，王导以麈尾指着自己的座位呼何共坐，曰："来，来，此是君坐。"王导很器重何充，有意让他辅助自己并准备让他接班，所以常借故露出此意。有次王导修建扬州的官署，在视察修建情况时说："我只是替何充修建这个官署罢了！"何充果然不负所望，辅佐晋朝两任皇帝，担任宰相，独自掌权，"可以甲杖百人入殿"，可见权势显赫。但是何充临朝正色，以社稷为己任，凡所选用，皆以功臣为先，不以私恩树亲戚，故得善终，时年五十五岁。

铁打的座位流水的官，关于职位，上位的人比下位的人明白。

辑三 世相

学啄木鸟钻木的燧人氏

败于妖冶

《阅微草堂笔记》里很多微型小说都是精品佳作，譬如这个。

有位到济南参加秋试的生员，投诉旅馆不给好房住，店家说："不是不给，是那个房间不消停，不知是闹鬼还是闹狐狸，早就不住人了。"

该生不信邪，强行开房，铺床叠被一人躺下大声说："是男魅耶？吾与尔角力。是女魅耶？尔与吾荐枕。少给我畏畏缩缩地不敢出来！"于是插门吹灯，倒头就睡。夜深，忽听窗外软语轻声说："陪你睡觉的来啦！"该生刚想起来看看，突然被一个大家伙压在身上，重若磐石，简直受不了。用手一摸，一身长毛，呼吸如牛吼。该生平时就很强壮，扭住就打。那东西力气也不小，他们满屋子滚了个遍。其他人听见声音不对，都过来帮忙，但门闩着进不去，只听得乒乒乓乓、噼里啪啦。搏斗了两三刻钟，突然，那家伙要害处中拳，"嗷"的一声跑了。

这位朋友打开门，见大家都来了，就绘声绘色讲经过，洋洋得意谈战绩。当时快三更，大家又各自回去睡觉。该生似睡未睡时，忽听窗外又轻声细语地说："陪你睡觉的这次真的来啦！刚才我就想来，只是我哥急着想先和您比试比试，所以多有冒犯！现在他羞愧难当，不敢出来，小女子才来赴约！"话音刚落就到了床前。该生伸手摸摸她的脸蛋，软滑如玉，又牵过手来，感觉指如春笋，香气袭人。该生自然知道她没安什么好心，但喜爱她的妖媚多姿，且睡她一觉看能怎样！于是就拥进被窝，极尽缠绵，忽然觉得那女子小肚子里猛一吸气，这位朋友立刻神情恍惚，血脉尽失，昏迷过去。

第二天天亮，门不开，叫不应，大家赶紧破窗而入，用冷水猛喷才醒。该生已经病病歪歪不成人样，"高考"是参加不了了，就送回老家，看病吃药，折腾了半年，才勉强拄着拐杖出来溜达溜达。该生从此豪气尽失，没了当年的精气神儿。

纪晓岚以金句点评："力能胜强暴，而不能不败于妖冶。"

与人相处，不复杂，也不简单。以性格而论，遇事只有四种模式：软硬不吃、吃软不吃硬、吃硬不吃软、软硬都吃。软硬不吃的给人印象是"二"，软硬都吃的则"怂"，大部分人都在"吃软不吃硬、吃硬不吃软"的区间。鬼怕恶人，所以吃硬不吃软。败于妖冶，则是吃软不吃硬。

鬼怕人情

　　印象中，鬼界比人界严苛，所谓"阎王要你三更死，谁敢留你到五更？"而且，鬼的数学特别好，不仅记以时日，更是精确到秒，毫厘不爽。然，事有例外。

　　麋竺是东汉末年刘备帐下重臣，世代经商，家富万金。有一次他从洛阳回来，离家还有几十里，路上遇见一个漂亮的新媳妇，请求搭他的顺风车。走了大约二十多里，新媳妇道谢告辞，对麋竺说："我是天帝使者。要去烧你们家，感谢你让我搭车，因此告诉你。"麋竺于是向她私下求情。妇曰："不可得不烧。如此，君可快去，我当缓行。日中，必火发。"麋竺于是急驰回去，到家，把值钱的东西都搬出来。正午，大火猛然烧起。

　　让人搭个顺风车，房子被烧了但钱财无损，好心有好报。最让人感念的是小鬼的行为，既完成了任务，也卖了人情。也许有人说，这个漂亮的新媳妇不是鬼，她自称"天使"。窃以为，即使是"天使"，干了杀人放火的勾当，都当以鬼类视之。小鬼如此，鬼领导也怕人情。

《搜神记》载，颜超的相貌看起来短寿，有人指点说：带上酒肉，遇上卯日，去到大桑树下，有二人在下围棋，你只管酒肉伺候。若人问起，你只跪拜不语，必当有人相救。颜超遂前往。那两人贪恋对弈，只顾饮酒吃肉，不见旁边有人。酒过数巡，北边坐者忽见颜超在旁，呵斥道："你怎么在此？"颜超只是跪拜。南边坐者说："适才喝他酒吃他肉，岂无人情在吗？"北面坐者说："文件已经定稿。"南面坐者说："文件借我看看。"见颜超寿命只可活十九岁，便取笔将"九"挑到"十"前面说："救你活到九十岁。"后果如所言。这两位究竟是何方神圣？原来，北边坐者是北斗星君，南边坐者是南斗星君。南斗星君主生，北斗星君主死，都是操控生死的大员。

如果文件都可做手脚，可见执事之人自由裁量权非常大。谁说"一生皆是命，半点不由人"？只要人情到，可以通鬼神。搭个顺风车，弄点酒菜吃喝，以小博大，获利丰厚。当然，滥情一定害法。既然能将"十九"改为"九十"，也可将"九十"改为"十九"，诸事皆可随心所欲。天无私覆，地无私载，万事万物都有一定之规，唯此，众生才丝毫不敢有犯。如果有钱能使鬼推磨，人情能让神开门，我们还是敬鬼神而远之的好。

君可自取

　　红娘、月老、媒婆，干的是牵线搭桥的事，业务上属于中介行业，在古代地位不低。"匪我愆期，子无良媒。"天上无云不下雨，地上无媒不成亲。媒妁之言与父母之命相提并论，是软性权力。

　　温峤是东晋高官，中年丧妻。他的远房姑母刘氏一家在战乱中流离失散，身边只有一个女儿，很是美丽聪明。姑母请温峤帮女儿寻门亲事。温峤喜欢这个表妹，有娶她的意思，回答说："好女婿不容易找到，只像我这样的，怎么样？"姑母说："现在乱世，要求不高，只要能有口粗茶淡饭，就足以安慰我晚年，哪里敢希望能找到像你这样的人呢？"不几天后，温峤回复姑母说："已找到成婚的人家了，门第大致还可以，女婿的名声官职都不比我差。"姑母非常高兴。成婚以后，行了交拜礼，新娘用手拨开遮脸的面纱，见是温峤，拍手大笑说："我固疑是老奴，果如所卜。"我本来就疑心是你这个老家伙，果然像我所预料的一样。

温峤本来是个中介，结果变身当事人。这样利用职务之便办事，有的合法，有的非法；有的合情合理，有的悖于情理。

刘备"老奸巨猾"，在白帝城病重时，他把诸葛亮从成都召来托孤："先生你的才能超过曹丕十倍，必定可以安定国家，最终成就大事。如果嗣子可以辅佐的话，那就拜托你辅佐。""如其不才，君可自取。"诸葛亮流着泪说："臣敢竭股肱之力，效忠贞之节，继之以死！"我一定尽我所能，精忠卫国，死而后已！刘备又下诏教训刘禅说："你和丞相一起做事情，要待他像待父亲一样！"在刘备的制度性安排下，诸葛亮成为监护人，同时又被置于道德高地，于众目睽睽之下持续炙烤，愣是不敢造次。

诸葛亮只是"如父"，其实有的"真父"也不怎么样，尤其是君王父亲。楚平王派人为儿子"取妇"，使者游说楚平王说："秦女好，可自取，为太子更求。"这个楚平王真就这么干了。唐玄宗将儿媳妇杨玉环运作成为自己的贵妃，卫宣公抢夺儿媳妇作妃子，这些乱了伦常的举动，都导致山河变色，江山易主。天地之间，物各有主，何况人哉？慎独、慎微、慎言、慎行，否则，人之异于禽兽者几希。

慎独

高帽子

拍马屁古今皆有，师父还推古人。

晋国大夫赵简子是著名的赵氏孤儿赵武之孙，一人之下万人之上。赵简子非常重视贤能之士，一天，他问一位名叫壮驰兹的官员："东方的人哪个最贤能？"壮驰兹一听，"扑通"一声就跪下了，说："祝贺您！"赵简子惊诧莫名："你还没回答我的问题，为什么先祝贺我？"壮驰兹回答："我听说，国家将要兴盛，君子认为自己有很多不足；国家将要衰亡，便觉得自己很了不起。现在您贵为掌管晋国的国政，还来问我这样的小人物，又寻访贤能之士，我因此祝贺您。"

《国语》行文至此，戛然而止。这应该就是"春秋笔法"吧，不着一字，暗含褒贬。以我等眼光来看，这不就是典型的"拍马屁"么？

拍马屁是下级奉承上级，学问很深。如果没什么本领但会"拍马屁"，也能过得不错。如果有点本事又会拍马屁，就能如鱼得水。这样的例子很多。

诸葛恪是诸葛瑾的儿子、诸葛亮的侄子，在孙权的手下混饭吃。一次，孙权问他："你爸和你叔谁更牛？"诸葛恪想都没想，应声回答："我爸。"孙权纳闷儿："你叔诸葛亮在蜀汉大权在握，做了很多大事，你爹就是我这儿一普通干部，你凭啥说你爸牛？"诸葛恪不慌不忙地说："因为我爸知道该跟着谁干。"

这小子，不止是马屁精，还兼会吹牛。

当然，拍马屁和戴高帽还是有区别的。同样的话，下级对上级是拍马屁，上级对下级是表扬，而戴高帽则是当面阿谀别人。

都知道高帽子的故事，但是，究竟有多少顶帽子？

话说有个官员将去外地任职。临行前，去跟恩师辞别。恩师对他说："外地不比京城，在那儿做官不容易，你要谨慎。"学生说："没关系。现在的人都喜欢听好话，我准备了一百顶高帽子，见人就送一顶，应该不至于有什么麻烦。"恩师一听，很生气，对学生说："我反复告诫过你，做人要正直，对人也要正直，你怎么能这么干？！"学生说："恩师息怒，我这也是没办法的办法。要知道，天底下像您这样不喜欢戴高帽子的，能有几位？"恩师听后，点了点头："你说的倒也是。"从恩师家出来，这位官员对人说："我准备的一百顶高帽子，现在剩九十九顶！"

就是这个数字，一直都算错了，包括这位官员。

我们来算算：老师拿去一顶，余九十九顶；学生也有一顶，余九十八顶。后来仔细一想，也不对。青出于蓝胜于蓝，应该九十九顶帽子都是他的。

最后一想，还是没算对。他有这个创意，一百顶帽子都应该是他的。每送出一顶，他肯定颇为自得——自得一顶。所以，高帽子的数量，送来送去，总量应该超过一百顶。

卿不如我

李浑是北齐大臣。大臣一般学问大，学问大一般脾气大，"两大"兼备一般事大。这不，北齐皇帝高洋命他组班子，修订法律法规《麟趾格》，班子里有著名作家魏收。魏收不一般，诗词歌赋，一挥而就，文不加点。李浑却有些看不起他，法律修订小组成立时，李浑对魏收说："雕虫小技，我不如卿；国典朝章，卿不如我。"

这话，谁听了都别扭，明显轻贱人嘛。

也有人说同样的话，却满满的正能量。

越王勾践兵败，即将入吴为奴。行前，勾践安排范蠡主持国政，请大夫种跟自己入吴。范蠡对曰："四封之内，百姓之事，蠡不如种也。四封之外，敌国之制，立断之事，种亦不如蠡也。"勾践就同意两人交叉任职，让大夫种守于国，与范蠡入宦于吴。

越王勾践在吴国的"有期徒刑"期满回国之后，对范蠡说:"我的国家就是你的国家,有劳先生帮我谋划。"范蠡又将先前说过的话同样说了一遍,越王勾践于是同意大夫种主内、范蠡主外的岗位分工。之后,卧薪尝胆,十年生聚,十年教训,三千越甲吞吴,遂成"春秋五霸"之一。

汉高祖刘邦也说过"我不如卿"的话,而且连说三遍:"夫运筹帷幄之中,决胜千里之外,吾不如子房;镇国家,抚百姓,给饷馈,不绝粮道,吾不如萧何;连百万之众,战必胜,攻必取,吾不如韩信。"高祖心如明镜,这是知人。"三者皆人杰,吾能用之,此吾所以取天下者也。"将合适的人安排在合适的地方,这是善任。知人靠眼光,善任靠胸怀。知人善任,眼大胸大,乃有天下。

芸芸众生,各有所长,常想"我不如卿",能让你倨傲的脾气低回至尘埃里。每个人都不完美,常思"卿不如我",能让你在末流中生出无穷的自信。作为管理者,理应因此开悟:自己不做完人,也不要求别人做完人。承认所有的不圆满,才能和而不同,这才是世间大圆满。

孤灯的传说·勾践

戳人痛处

托身人间，爱恨情仇，缠绕一生。磕碰久了，就落下疤痕。

赵简子派家臣尹铎经营晋阳城，要求完成两个任务：一是将晋阳建成赵家"根据地"，二是拆除旧城墙。尹铎走马上任，轻徭薄赋，终至民无二心。赵简子来工地视察，一眼就发现一个严重问题：旧城墙不仅没拆除，反而加固增高。他怒火攻心，一定要先杀掉尹铎才进城。众人苦苦规劝，赵简子不依不饶。这时，另一个家臣邮无正挺身进谏，说明尹铎所作所为都是从赵氏家族的根本利益出发，是在正确的时间做正确的事。赵简子不由恍然大悟，改罚为赏，重奖尹铎。起初，邮无正与尹铎有怨仇，尹铎带着奖赏找到邮无正说："是您救了我的命，奖赏应该归您。"邮无正断然拒绝："我是为君主考虑，不是为你。"咱俩"怨若怨焉"，怨恨还是怨恨，半点都没改变。

还有一个比这更著名的揭人伤疤的故事，也和赵简子有关。

晋国大夫解狐，为人耿直倔强。他有个爱妾，长得风摆杨柳，却"劈腿"年轻英俊的管家刑伯柳，事情败露后，被赶出府门。有一天，赵简子请他帮忙物色一个精明能干的人做相国。他推荐了刑伯柳。刑伯柳把辖区治理得井井有条，赵简子十分满意，夸奖说："你干得真不错，解大夫没看错人！"刑伯柳这才知道是解狐推荐了自己。他以为往事如烟，解狐已经解开心结，就前去感谢。解狐对着他开弓就是一箭，说："举荐你，是公事，因为你能胜任；和你有仇，是私怨，私怨不入公门。""子往矣，怨子如初也。"你赶紧给老子滚，我们仇恨依旧。说罢弯弓又射，刑伯柳吓得屁滚尿流，一溜烟消失在解狐视线外。

解狐心中的伤疤是夺爱之恨，戳一下，剑拔弩张。邮无正心中的伤痛书上没说，但一样触碰不得，碰一下，跟你没完。赵简子一看到旧战场的痕迹，就仿佛看到仇人，他心中的疤痕是旧城墙，见不得，一见就要杀人。

人无完人，每个人都有不痛快。最难得做事有底线，最贵于公私能分明。关于公私分明，最近看到一个奇葩说："你不允许我在办公室谈恋爱，那出了办公室你也不要跟我谈工作，这才是真的公私分明。"看来，现代人的疤痕更戳不得，戳一下，直接撂挑子。

朋友当如是

《太平广记》里有个故事：姓卢和姓李的两位年轻人，在山中半缘修道半读书。一天早晨，李生说："我不愿再受寒窗之苦，我要离开这里去浪迹江湖。"说罢告别卢生而去。

李生来到扬州一个橘子园打工。无奈江湖险恶，人欺官贪，李生亏了公家数万钱，被取保候审，穷困潦倒。有天，他在桥边碰见一个人，草鞋葛衣，视之，乃卢生。李生看到褴褛不堪的卢生，说话时颇感哀怜。卢生很不高兴："我贫贱有什么可怕的？你看看你自己，在这么糟糕的地方，欠着债，还被刑拘，咱们大哥别说二哥。"李生十分惭愧，恳请他千万别见怪。卢生笑着说："我住这里不远，明天请您过去坐坐。"

第二天，果然有人骑着骏马来接他。如风疾马，止步朱门，出来迎接的卢生，星冠霞帔，神采奕奕，侍女数十人，与桥边见到的有天壤之别。他请李生吃饭，奇花异草，名贵药石，皆殊美。夜晚又请李生到亭台饮酒，须臾，红烛引一女子至，容色极丽，歌声甚嘉。李生看见女子演奏的箜篌上有一行小字："天际识归舟，云间辨江树。"

酒后，卢生说："这个女子出身名门，你愿意娶她吗？"李生说："我怎敢有此奢望？"卢生又问："你欠公家多少钱？"答曰："数万贯。"卢生拿出一根拐杖给他："你拿这个到波斯商人那里去换钱。从此之后，就好好学道，安心过日子吧。"李生依言还清了公款，从此平安无事。

其后，李生到开封，娶了官家女。新婚之夜，他觉得妻子很像当年亭台上见到的女子，也有箜篌。仔细看时，果然见到"天际"两句诗。李生和妻子细说了亭中宴饮之事。妻子说："我曾经做了一个梦，梦见使者来说'仙官有请'。我就跟着他去了，后面的事和你说的一样。"李生感叹不已。后来专门到扬州寻访卢生居所，只见遍地荒草，一无所有。

"事了拂衣去，深藏身与名。"

这是完美的朋友关系，超越"有福同享有难同当"的状态，而是以"神"的姿态救人于水火。人生穷通不定，沦为下贱，希望有卢生这样的朋友出手搭救；身处上位，对李生这样的贫贱之交倾力相帮。这是正能量的故事，即使没有遇见，想想，也觉得美好。

读心术

一听到读心术，我们都会觉得不安，害怕别人一眼读出自己的想法。当心中不想说的秘密，被人轻而易举地看出，就会感觉到自己在别人眼里一丝不挂。世界上最大的隐私是自己的想法，世界上最大的危险是自己的说法。

《太平广记》里说，罗浮山的轩辕集老先生是个人精，已经几百岁了，不仅不谢顶，头发还能垂到地上。坐在黑屋子里，两眸清炯炯，目光像手电筒，可以射出几尺远。与人饮酒，千杯不醉。夜里把头发放在盆中，酒沥沥而出，酒香一点儿不减。唐宣宗非常喜欢他，有次喝茶，一位宫女背后偷笑轩辕集容貌古怪，衣着朴素。宫女话音未落，轩辕集就变得头发稠黑，嘴巴鲜红。而那位十六七岁的妙龄宫女，转眼之间变成老太婆，皮肤粗糙得像鸡皮一样，驼着背，鬖发稀疏。唐宣宗知道宫女有错，让她拜求老先生。眨眼之间，宫女的容貌又回复青春靓丽。

宫女背后议论人，轩辕集老先生现场教训她，似乎无可厚非。俗话说，"谁人背后无人说，谁人背后不说人"。说，是避免不了的，关键看说什么。如果内心不恭敬，腹诽心谤被人看出，那就危险至极。

神仙王方平降临到蔡经家，命人去寻访麻姑。麻姑到时，蔡经全家都看到了，是个美貌的女子，年纪十八九岁左右，在头顶当中梳了一个发髻，其余的头发都垂到腰际。她的衣服有花纹，虽不是锦缎，却光彩耀眼，美得用语言无法形容。麻姑进去拜见王方平，说："我从认识您以来，已经看到东海三次变为桑田。刚才到蓬莱，海水又比上次聚会时减少了一半。难道大海将要再变回山陵陆地吗？"王方平笑着说："圣人都说海中又要尘土飞扬了。"麻姑长了一双鸟爪一样的手，被蔡经看到了，他在心里想着说："脊背大痒时，能得此爪来抓痒，应该很舒服。"王方平立即知道了蔡经的心思，就派人把蔡经拉出去挨鞭子，并对他说："麻姑是神人，你怎么想要用麻姑的手来抓痒呢？"

我的天，还好只是想用麻姑的手来抓痒，如果想到别的，那还不挨刀子？

鬼谷掐指

无为在歧路

道路问题从来都是大问题，世上道路千万条，最怕走到岔路口。

项羽垓下被困，四面楚歌。突围渡过淮河后，八百壮士只剩下百余人，何去何从是头等大事。《史记·项羽本纪》记载："项王至阴陵，迷失道，问一田父，田父绐曰'左'。左，乃陷大泽中。"项王迷路，问道农夫。农夫骗他，故意指错路。项王因此行差踏错，被汉王的军队追上，霸王生涯因此终结。道路事关生死存亡，一边是阳关道，一边是奈何桥，在重要关头、关键节点，一步都不能错。

人一倒霉百事哀，连问个路都遭人戏弄。天下第一的孔圣人就遇上过这样的事。孔子周游到楚国，让子路去问两位在田里耕种的农夫，"问津"一词即源于此。两位种田人，一个嘲笑孔子，一个劝说孔子，都是针对孔子的政治理想说个不停，就是不指路。这样的避实就虚，弄得孔子失望不已，最后得出结论：路要自己走，方向还是自己选，自己的责任还要自己担。

《桃花源记》讲的是理想，也许还有道路问题。武陵人顺着小溪捕鱼，"忘路之远近"，得入桃花源。出来后到处做记号，再去找时，"遂迷，不复得路"。有人听说后好奇不已，也去找寻，未果，"后遂无问津者"。桃花源是理想国，实现理想有路径。找不到正确的道路，一切都是空想。

因此，无为在歧路，方向别含糊。否则，就不是"儿女共沾巾"，而是老来泪纵横，一生为方向所累。故此，啥错都可以犯，唯独不能犯路线错误。

西行路漫漫

138

保密不是笑话

美国前总统罗斯福就职海军时，一位朋友向他打听美国海军在加勒比海建潜艇基地的事，罗斯福看了看四周，轻轻地问："你能保守秘密吗？"朋友回答："能，当然能，我会守口如瓶。"罗斯福微笑着说："那么，我也能，我也能守口如瓶。"

国家有机密，企业有秘密，个人有私密。作为领导，切忌信口开河，开口前，肠必一日而九回。作为个人，谨开口，慢发言，说一句留三分。无论上级还是下级，在保密方面，君子应洗心，小人应革面，不可和做人爽直的"知无不言，言无不尽"混为一谈。事以密成，语以泄败。

《鸿门宴》从某种方面来说，是一部谍战片。沛公军霸上，未得与项羽相见。然而，沛公所有的秘密都被泄露给项羽。项羽身边也有刘邦的谍报人员，楚左尹项伯第一时间将情报送给沛公。"沛公旦日从百余骑来见项王"，刘邦放低姿态向项羽谢罪说："今者有小人之言，让将军和我产生裂痕。"项羽不堪一激："此沛公左司马曹无伤言之。"项羽的解密，马上产生人头落地的效果。"沛公至军，立诛杀曹无伤。"《鸿门宴》刘邦完胜，项羽完败，楚汉之争大体亦如是。古人云，"君不密则失臣，臣不密则失身"，金玉良言也。

文人一般嘴巴大，信口开河，为逞一时之快，百无禁忌，因此被"诛杀"无数。晏殊官拜宰相，骨子里是文人。"无可奈何花落去，似曾相识燕归来"，完全是人情练达之词。同时，他又是保密模范。

一天，宋真宗召晏殊入宫，交给他一份官吏任命名单，命其草拟制书。晏殊看罢，连忙对真宗奏道："臣是外制，不敢越职草拟这样的秘密文件。"真宗觉得有理，便另外找人。晏殊又向皇上奏启："臣已经知道内容，担心出宫后会泄露，请求在学士院借宿一晚，明日再出宫。"宋真宗对晏殊的保密意识大加赞赏。第二天制书发出，晏殊发现内容与昨天所见的名单大相径庭。虽然事有蹊跷，但因为有很强的保密意识，晏殊始终没有对外泄露半句。

晏殊能当那么大的官，不是没有道理的。

网开三面

不是网开一面吗？原来它和商朝的开国君主商汤有关，《吕氏春秋》《史记》皆有记载。

话说商汤外出，在一处茂盛的树林里，看见一个猎人正在张挂捕捉飞鸟的网，东南西北四面都有。挂好后，这个猎人拜天拜地祷告说："愿从天上飞下来的，从地下跑出来的，从四面八方飞奔来的鸟兽都进入我的网中来。"商汤听后，感慨地说："哎呀！禽兽就要被杀光了。除了夏桀那样的暴君，谁还会做这种事呢？"商汤收起三面的网，只在一面设网，重新教猎人祷告说："从前蜘蛛结网，现在人学织网。飞禽走兽想向左的就向左，想向右的就向右，想向高处的就向高处，想向低处的就向低处，我只捕捉那些触犯天命的。""网开三面"由此而来。

农村有句俗语："劝君莫打三春鸟，子在巢中盼母归；劝君莫食三月鲫，万千鱼仔在腹中。"打死一只母鸟，饿死一窝雏鸟。吃掉一条鲫鱼，断送千万个鱼仔的生机。繁殖季节，不要开杀戒。平常时候，也别赶尽杀绝。

商汤这么做，表面说鸟，实际说人，指桑骂槐，借鸟骂桀。作为商朝的开国之君，在崛起的时候，必须布德施惠，网罗民心，壮大实力。果不其然，汉水以南的国家听到这件事后说："商汤的仁德连禽兽都顾及了。"于是四十个国家齐来归附。《吕氏春秋》评论说，别人四面设网，未必能捕获到鸟；商汤撤去三面网，却得到四十个国家，这哪里是在捕鸟，分明是在"捕人"啊！于是商部落迅速强大，商汤率领大军，先灭掉邻居葛伯国，"十一征而无敌于天下"，最后灭掉夏朝，建立商朝。

究竟是"网开一面"还是"网开三面"？"网开三面"的"开"是"去"，意为"去掉""打开"，打开三面只留一面。"网开一面"的"开"应作"张挂""张开"，张挂一面去掉三面。后来，人们习惯使用"网开一面"。即使只有一面，也是天网恢恢，疏而不漏。因此，要敬畏规则，千万别以身触网，否则，那隐形的"三面网"会一起扑向你。

看领导脸色

"安史之乱"后，朝廷觉得还是人才重要，唐肃宗于是昭告天下，广求贤良。有人第一个响应，皇上特别开心，召他前来讨论天下大事。此人什么也说不上来，只是一个劲儿地盯着皇上的脸看，看着看着突然说："微臣有些看法，陛下知道不知道？"皇上说："不知道。"此人说："我见您的容颜，比没当皇帝时瘦多了。"皇上说："吃不下睡不好才瘦的！"举朝大笑。肃宗知道这人不靠谱，但如果不理他，又怕贤良方正之士说皇帝叶公好龙，于是就给了他一个县令当当。

此事见于冯梦龙编纂的《古今谭概》。如果说这个人会拍马屁，那是高看了他；如果说这个人是傻子，那是小瞧了他。他应该是个投机取巧的普通人，双眼盯着领导看，整天琢磨领导想法，有时还给领导提意见：领导您瘦了，千万注意身体。您的身体不是自己的，是我们大家的。身体是革命的本钱，累垮了身体，我们没有本钱。因此，冯梦龙点评说："只怕作令后，反不管百姓肥瘦耳。"

看领导脸色是个技术活，一般人干不了。

扁鹊见蔡桓公，再三瞻望上颜，说："君王，您的皮肤间有点小病，不治的话，恐怕要加深。"桓侯说："我没病。"扁鹊走后，桓侯说："现在的医生就喜欢给没病的人治病，靠这个浪得虚名！"过了十天，扁鹊见到桓侯，说："君王，您的病已经到了肌肉里，不治的话，会加重。"桓侯不理他。扁鹊走后，桓侯很不高兴。又过十天，扁鹊再去拜见桓侯，说："君王，您的病已经到了肠胃中，不医治的话，会更加严重。"桓侯不仅不理不睬，还很生气，觉得扁鹊才有病。居十日，扁鹊看到桓侯转身就跑。桓侯特地派人问他怎么回事。扁鹊说："病在皮肤，拔个火罐就行；病到了肌肉，针灸可医；病到肠胃，喝几副汤药能行；病到骨髓里，不是人能治的。"过了五天，桓侯浑身疼痛，派人找扁鹊，扁鹊已经逃到秦国。桓侯遂薨。

听不进意见的领导，死了。

只莫作怪

有人用奇怪的方式，说平常的道理。

孙叔敖当上楚国宰相，一国吏民皆来贺。有个老人，披麻戴孝赶了过来。孙叔敖赶紧正衣冠而见之："大家都来贺喜，您来吊丧，难道有什么话要说吗？"老人说："当然有话说。身为权贵而待人傲慢的人，人们会离开他；地位很高而擅弄权术的人，君主会厌恶他；俸禄优厚而不知足的人，祸患接着就来了。"孙叔敖请教他该怎么办，老人说："位已高而意益下，官益大而心益小，禄已厚而慎不敢取。君谨守此三者，足以治楚矣。"地位越高，态度越要谦恭；官职越大，处事越要小心；俸禄越多，越不能取分外之财。在今天来看，这些也是对为官者的基本要求。

冯梦龙在《古今谭概》记："昔富平孙冢宰（作者注：明朝著名大臣）在位日，诸进士谒请，齐往受教。孙曰：做官无大难事，只莫作怪。"冯梦龙惊叹不已："真名臣之言，岂唯做官乎!"

不作怪先要不见怪，不见怪先要不古怪。子不语怪力乱神，一切皆以平常心待之。

齐景公出猎，上山见虎，下泽见蛇，以为是不祥之兆，归召晏子而问。晏子曰：国有三不祥。夫有贤而不知，一不祥；知而不用，二不祥；用而不任，三不祥。今上山见虎，大山是老虎的家。下泽见蛇，大泽是毒蛇的窝。到了它们的地盘而见之，有何不祥?

晏子是春秋时期齐国著名政治家、思想家，聪颖机智，能言善辩，是一位智者。所谓智者，就是常识丰富的人。圣贤庸行，大人小心，不作怪是关键。做事莫作怪，老老实实，干一件成一件。做官莫作怪，不乱起幺蛾子，看到前任，想起后任，压住"政绩冲动"，反对"政绩癫狂"。做人莫作怪，纯真、周正、清澈、淡雅，多识于鸟兽草木之名。如此，天下正常。

归功于臣

人都有不合时宜的时候，关键是要有人及时提醒。

卫灵公在天寒地冻的季节让民众开挖城池，有个叫宛春的人劝谏说："天冷时干这个拖泥带水的活，恐怕损伤百姓。"灵公说："天冷吗?"宛春说："您穿着狐皮大衣，坐着熊皮褥子，屋里又生着火，所以不冷。但是老百姓衣服破烂不能缝补，鞋子坏了也不能修理。您是不冷，百姓可冷了!"灵公说："你说得对。"就下令停工。身边的官员劝谏说："您下令开挖城池是不知天寒，宛春知道地冻让您下令停工，恩德将归于宛春，而怨恨将归于您。"灵公说："不是这样。宛春只是鲁国的一个老百姓，宛春的善行不就是我的善行吗?"

卫灵公是个明白人，他这样看待宛春的行为，可算是懂得为君之道了。李斯在担任秦始皇的丞相时，遵循的原则是"有善归主，有恶自与"，亦即好事都归于君主，坏事统统揽在自己身上。其实，完美的方式应该是臣下归善于君，君上归功于臣。

　　齐宣王盖大宫殿，占地百亩，有三百间屋子。如此富庶的齐国，盖了三年还未完工，群臣中无人敢进谏。香居问齐宣王说："楚王放弃先王的礼乐去做淫乐，臣斗胆问楚国是有君主的么？"宣王说："是没有君主的。"香居又问："臣斗胆问楚国是有臣子的么？"宣王说："是没有臣子的。"香居说："现在君王盖大宫殿，三年没能盖成，而群臣中没有敢进谏的人。臣斗胆问大王是有臣子的么？"宣王说："是没有臣子的。"香居说："臣请求走开。"于是小跑着往外走。宣王说："香先生留步，为什么这么晚才向寡人进谏？"于是召来尚书说："赶快记下：寡人不遵先王教诲，盖大宫殿，香子让寡人停止了这种做法。"

　　齐宣王是个能接受批评的领导。作为部下，最大的成就感，是自己的意见被采纳；作为领导，最伟大之处，在于能容忍比自己能干的部下。

世事相反

如果不知老之将至，这里有个测试题，八题勾选四题，就应该服老。

首先看男的：

夜不卧而昼睡；子不爱而爱孙；近事不记而记远事；哭无泪而笑有泪；近不见远却见；身上敲打不痛，不打却痛；脸本来是白的，现在变黑了，头发本来是黑的，现在变白了；上厕所的时候蹲不下，作揖的时候却要蹲下。

其次看女的：

不爱长子而爱幺儿；不喜欢儿子却喜欢女儿；不信人而信鬼；惜小钱而不惜大钱；做姑娘时怨嫂，做嫂嫂时嫌姑；最讲究禁忌，却最爱咒诅；最怕活不到老，又最怕别人说她老；丈夫的一举一动，时刻监管，丫鬟做了出格的事，却不以为意。

这个"测试题"来自明代。具体说，是明代冯梦龙从史传上采录而来，总结了男女的八种反常现象。另外他还罗列出贵人的"八反"现象，也有趣得紧。

贵人"八反"：

夜宜卧而饮宴，早当起而高卧；心当逸而劳，身当劳而逸；应该花钱的项目不花，不该花钱的地方却花；无病常服药，有病不看医生；一件事情，别人还没做的时候，他却争着去做，大家都去做的时候，他却不做了；想请人来一定要让人家来，人家请他他却不一定去；买贱物不嫌贵，买贵物必要贱；官愈尊则愈言欲退休，官愈不达则愈自述政绩。（作者注：原来的最后一条有违公序良俗，所以就从冯梦龙另外一篇文章里替换成现在的。）

冯梦龙生活在明朝，时间过去了四百多年，世事还是没有多大变化，无论是官场还是民间。

堂前教子

我以为，诫子书是最真的话。

五代时后唐大将李存审出身寒微，他曾经告诫孩子们："你们的父亲年轻时提一把剑离开家乡，四十年间，位极将相。其间，九死一生的情况绝不止一次，剖开骨头从中取出箭头的事情有百余次。"于是，他把所取出的箭头拿出来送给孩子们，令他们收藏起来，说："尔曹生于膏粱，当知尔父起家如此也。"你们这帮孩子，出生在富贵人家，应该知道你们父亲是这样起家的。

堂前教子，枕边教妻。教育的话，不说不行，老说也不行。

东方朔性格诙谐，滑稽多智。他的《诫子书》一点也不幽默："明者处事，莫尚于中，优哉游哉，与道相从……"说了一大通，就是告诉孩子们一个意思：中庸之道。

张之洞为"晚清中兴四大名臣"，大规模兴办新式教育，武汉大学、南京大学、华中农业大学的前身都由他创办。他的《诫子书》有浓浓的父爱，有恨铁不成钢的无奈，有对官家子弟骄纵的担忧。此书信应该是写给第十一子张仁乐的，可惜教育失败。"九一八"事变后，张仁乐投靠日本，成为汉奸。

教育不是万能的，但没有教育万万不能。家风家教家训，很多都在其中传承。曾国藩在《诫子书》中说："今将永别，特将四条教汝兄弟。一曰慎独而心安……二曰主敬则身强……三曰求仁则人悦……四曰习劳则神钦。""此四条为余数十年人世之得，汝兄弟记之行之，并传之于子子孙孙，则余曾家可长盛不衰，代有人才。"曾国藩教育得法，后世子孙个个贤。

最负盛名的是诸葛亮的《诫子书》，八十六个字，很多人会背诵。他教育后代的理念已经成为不证自明的公理，诸葛家教俨然成为天下教，只因为，此中有着不顾一切的真。

答问皇上

和皇帝说话，十分不易。说得好，获得首肯；说得不好，首肯定没了。

满奋特别畏风。一次在晋武帝司马炎旁边侍坐，北窗是琉璃窗，实际很严实，看起来能透风，满奋见此，面有难色。武帝笑问为何，满奋回答："我就像南方怕热的水牛，看到月亮以为是太阳，忍不住就喘起气来。"成语"吴牛喘月"即来源于此。魏晋前后朝，恩怨交错锻成大刀，砍掉脑袋的，嵇康是也。满奋是曹魏时太尉满宠的孙子，不是遗老是遗少，身份特殊，望月心惊。

南朝著名书法家王僧虔，是"书圣"王羲之的族孙，他的书法如行云流水。

当朝皇上齐高帝萧道成善书，即位后仍笃好不已，而且自信。

一天，萧道成提出要和王僧虔比试一下。

君臣二人写毕，帝曰："谁为第一？"

这是一个非常棘手的问题，暗藏陷阱，充满杀机。一般人会说"陛下第一"或"臣不如也"。杀头的回答是"并列第一"。王僧虔既不愿贬低自己，也不敢得罪皇帝，怎么办？他的回答流传千古："臣书，臣中第一；陛下书，帝中第一。"

他的应答，既维护了职业书法家的尊严，也维护了皇帝的龙颜。帝大笑曰："卿善自谋。"看到了吧，这才是老板的口气：爱卿真会替自己谋划。

东晋大臣顾悦之是著名画家顾恺之的父亲，他与简文帝司马昱同岁，可是头发早已白了。简文帝问他："你为什么头发比我先白呢？"顾悦之答曰："蒲柳之姿，望秋而落；松柏之质，经霜弥茂。"这个回答相当有水平。首先是雅，语言如诗赋；其次设喻精当，我为蒲柳，君是松柏；再次是不正面回应，曲线答问，很有意境。这样的回答，抬高对方，无损自己。因此，"简文帝悦其对答"。

钟毓、钟会两兄弟从小名声在外，魏文帝曹丕听说后，对他们的父亲钟繇说："可以让两个孩子来见我。"觐见的时候，钟毓脸上有汗，文帝问道："你脸上为什么出汗？"钟毓答道："我颤颤惶惶，汗出如雨。"文帝又问钟会："你为什么不出汗？"钟会说："我颤颤栗栗，汗不敢出。"一娘所生两兄弟，钟毓老实，钟会机智。特别是弟弟钟会，小小年纪，懂得给自己打圆场。《世说新语》没有记载魏文帝的反应，估计魏文帝心里应该说："这个小鬼有急才！"

基因变异

　　看家族脉络传承，有个现象有趣：往上溯源，总能找到有头有脸的祖先；往下看，总是担心后代没出息。

　　苏轼在官场斗争中是一个失败者，常年颠沛流离。王朝云为他生下一个男孩儿，苏轼尝作《洗儿诗》："人家养子爱聪明，我为聪明误一生。但愿生儿愚且鲁，无灾无害到公卿。"这首诗很有意思，苏轼把自己命途多舛归结为"太聪明"，所以希望儿子"愚鲁"，目的是"无灾无害到公卿"。您看看，在官场斗争中斗得连命差点都没了，还仍然对当官念念不忘。当官有何好？"此中有真意，欲辩已忘言。"

　　虽然有人当官之后变蠢了，但蠢人肯定当不了官。于是有人反东坡《洗儿诗》之意作诗曰："东坡但愿生儿蠢，只为聪明自占多。愧我生平愚且蠢，生儿何怕过东坡。"人生的代际接续很奇特，优质基因代代相传的，也有。比如"三曹"，曹操、曹丕、曹植；"三苏"，苏洵、苏轼、苏辙；"二晏"，晏殊、晏几道，但都寥若晨星。一般而言，很多极端的特质，如聪慧、蠢笨这样的基因，在传递中磨去了棱角，成为不笨不傻的中不溜基因得以延续。

陶渊明一生仕宦之途失意，但他却不反对自己的儿子去当官。大儿子出生，陶渊明给他取了一个很不错的名字："名汝曰俨，字汝求思。"他希望自己的儿子能够成为孔子嫡孙子思一样的人，像他一样温顺，一样聪明，甚至去做官。像天下所有的父亲一样，陶渊明望子成龙，最后其子却成虫。老大懒惰无比，老二聪明没用到正地方，双胞胎的老三老四智力有问题，老五整天就惦记着偷个梨摸个枣，五个儿子都不成器。

虽然如此，太阳照样升起，生活还在继续，无论是陶渊明还是苏轼，希望他们的优质基因，在千淘万漉中冲破重重险阻保留下来，最后在某个后生小子或者小女身上苏醒，重新吐露芬芳。

梦笔生花

聪明人总有异遇，就像漂亮人总有艳遇，都是没法子的事。

"黯然销魂者，唯别而已矣！"江淹为什么写得这么好？就是因为有异遇。

相传有一个白天，江淹漫步浦城郊外，歇宿在一个小山上。睡梦中，见古人授他一支闪着五彩的神笔，自此文思泉涌，成为一代文章魁首，当时人称此异遇为"梦笔生花"。

官运亨通之后，江淹又做了一梦。相传有一个晚上，他公务接待之后，早早歇息在床上。睡梦中，见一人自称是郭璞（作者注：晋代文学家），对江淹说："我有一支五彩笔留在你处已多年，现在还给我吧！"江淹从怀中取出递还。自此文章失色，时人谓之"江郎才尽"。

我们没有盗梦能力，别人的梦我们不得而知。能知道的，大都是本人说出来的。以我们自身的经历而言，梦醒时分都很迷糊，很难记起梦的全部内容。江淹能如此清晰地说出如此精彩的梦境，只有一种可能，主要靠"编"——主编，不是胡编乱造，而是精心编剧。

与此类似而更传神的，是汉初"三杰"之一的张良与黄石老人的故事。

张良在一座桥上闲逛。有一位老人，穿着粗布短衣，走到张良所在的地方，故意把鞋丢到桥下，回头对张良说："小伙子，下去把鞋取上来！"张良既惊讶又气恼，想揍他；因见他年岁大，怕不抗揍，就强忍怒火，下桥把他的鞋捡了上来。老人说："给我穿上！"张良心想，既然已经给他取了鞋，穿就穿吧，于是就跪着给他穿上。那位老人伸出脚来穿好鞋，笑着走了。张良很惊诧，用眼睛追着他看。老人大约走出一里远，又返了回来，说："孺子可教矣！五天后的黎明，你来这里和我会面。"张良觉得很奇怪，但还是答应了。

经过几次羞辱式考验，老人送给张良一部《太公兵法》，告诉他："读此则为王者师矣。"并自我介绍说是"黄石公"，"遂去，无他言，不复见"。"良因异之，常习诵读之"，后建奇功立大业。

得道多助，失道寡助。江淹读书取仕，留侯推翻暴秦，法理没错。走在正确的道路上，天与人，都给力。江淹和郭璞的私相授受如同一场事先策划的传奇故事，而张良的故事中，黄石老人实在太像神仙了。一般而言，当故事被神话得太厉害的时候，就是历史的真相被淹没的时候。因为，让人成功的东西，都说不出口。

在余一人

商汤灭夏桀，改朝换代之后，天不凑巧，五年大旱，五谷无收。商汤就在桑林祈祷，说："余一人有罪，无及万夫。万夫有罪，在余一人。不要因为我个人的无能而让上帝、鬼神伤害天下苍生的性命。"于是剪掉自己的头发，拶上自己的手指，以身体作为祭品，向上苍求雨。《吕氏春秋》说，"民乃甚悦，雨乃大至"。

闻此德音，莫名感动。从这里能看出商汤的担当，看出诚恳，看出悲悯情怀。干工作没有不出错的，出错不可怕，检讨得失，理清教训，承担责任就是了。但是现在有的人，出了个事，首先死不道歉，其次道歉也敷衍塞责。有的还反面文章正面做，丧事当作喜事办，变着法子表扬自己。真是"前不见古人，后不见来者"，让我们"怆然而涕下"。

关于担当，《笑林广记》里有个段子：钟馗有个爱好，特别喜欢吃鬼。他妹妹给他送来寿礼，帖子上写道："酒一坛，鬼两个，送与哥哥做点剁。哥哥若嫌礼物少，连挑担的是三个。"钟馗看完后，将三个鬼送给厨师做成一顿丰盛的大餐来享用。担上鬼对挑担鬼说："我们本来就该死，你却何苦来挑这担子？"

故事背后总有故事。敢于挑担子就是敢于担责，担责就面临着"下油锅"的风险。问题是，因为风险巨大，就应该放弃该承担的责任吗？反观商汤桑林祷雨，也有不同的视角。"余一人有罪，无及万夫。"恳请打击不要扩大化，一人做事一人当，一人犯罪法办一人，这没错。"万夫有罪，在余一人。"万民有罪，由我一人来承担，这个就有大问题。虽然它说明商汤爱民，但商汤的大包大揽，却剥夺了公民承担公共责任的应有义务。商汤这种帮万民承担一切的无限责任，可能培养出民众不担任何责任的心态。

现代社会，责权对应，人人都应该具有独立自主的精神。不仅仅领导要有担当和牺牲精神，每个公民也要有担当和牺牲精神。上下同欲者胜，同舟共济者赢。同样，上下同担当，人人有责任，不给机会主义者机会，这才是一个自信而健康的民族。

钟馗

辑四　清欢

树下菩提

依旧媚人

虽说"各花入各眼",一个时代有一个时代的潮流,可是,有的流行却像流感,看着"其兴也勃焉,其亡也忽焉",不知何时,不知何故,卷土重来未可知。

晋人干宝《搜神记》在志怪之余,也志时尚:汉桓帝元嘉中,京都妇女作"愁眉""啼妆""堕马髻""折腰步""龋齿笑"。

这些近两千年前流行的妆容,现在来看,依旧不陌生。由于语言的变迁,有的不解释还能明白意思,如"愁眉""啼妆"。有的要稍加解释,如"龋齿笑"就是笑起来像牙痛,意思是"不高兴的笑"。有的则要连蒙带猜,如"折腰步"。腰折断了,走起路来肯定是摇摇晃晃,其步态应该类似今天的"街舞"。

干宝不仅关注妆容,也留意服饰。他说:"灵帝建宁中,男子之衣好为长服,而下甚短;女子好为长裙,而上甚短。"

这个好理解，就是男的上衣特别长下面特别短，女的裙子特别长上面特别短。

如果说东汉与两晋隔着代的话，那么干宝在叙说"三国"的前朝旧事时，也讲到服制。东吴后期，"衣服之制，上长，下短，又积领五六，而裳居一二"。也就是说，当时衣服的形制，上衣长下衣短。上面穿衣五六件，下面着裤一两条。这样的"时尚"，在干宝眼里，与鬼魅同列，皆可"怪"也。

所谓时尚，干宝认为，都和政治相关。衣服上下的不均衡，说明"上有余下不足"，就是"国富民穷"，结果天下大乱。"愁眉""啼妆"的源头是当时把持朝政的大将军的妻子所为，其最终被皇帝灭族。"堕马髻"是个什么鬼？就是发髻偏向一边。这让人想起"徐妃半面妆"的典故。徐妃就是"徐娘半老"里的徐昭佩，她是妃子，与瞎了一只眼的皇帝关系很不好。每次皇帝来，她就用头发遮住半边脸相见，这样明目张胆地嘲笑，次次都把皇帝气个半死。最后，皇帝逼她自杀。唐李商隐《南朝》云，"休夸此地分天下，只得徐妃半面妆"，即言此。

时尚与政治脱不了干系，时尚是政治的表象，政治是时尚的风源。当然也不用上纲上线，直接关联。现在流行的玫瑰妆、桃花妆、烟熏妆、猫眼妆不过就是一种时尚而已。时尚是主动的流行，流行有时却和时尚不沾边，譬如现在流行人人戴口罩。

思无邪

先民们真可爱，有啥说啥，不掩不藏，还歌之咏之，一派天真。诗之源《诗经》记录了很多的销魂蚀骨，其事寻常所见，其情久久动人。

《国风·郑风》有诗曰：

> 野有蔓草，零露漙兮。有美一人，清扬婉兮。邂逅相遇，适我愿兮。

状景、写人、抒情，一气呵成，诗意盎然。草上露水晶莹，这人美得清爽，这就是我一直想要的，不期而然，在最好的时间遇见最好的你。天降大任，轮不到我。天降美人，本来也轮不到我，突然轮到，幸福至极。

夫子曰："《诗》三百，一言以蔽之，曰'思无邪'。""思无邪"就是不虚假，用大白话说就是"不装"。现在评说一个人，"不装"是最高境界。用"不装"的标准来评说《诗经》，就是思无邪。可见，很多的东西，古往今来，一直没什么改变。

不薄今人爱古人，每个时代有每个时代的美好。唐朝情歌王子李商隐，说起爱情，一套一套的，金句迭出。

《夜雨寄北》："君问归期未有期，巴山夜雨涨秋池。何当共剪西窗烛，却话巴山夜雨时。"真美！"春心莫共花争发，一寸相思一寸灰。"真好！不过是端着的美好。

至于柳三变，"今宵酒醒何处？杨柳岸，晓风残月"，堪称千古绝唱。奉旨填词，风流绝代，"早知恁地难拼，悔不当初留住"，男欢女爱，离愁别恨，看起来"一曲新词酒一杯"，实则是精致的美丽。

"礼失而求诸野"，宋明以降，经济规模扩大，人口基数增长，"仓廪实而知礼节，衣食足而知荣辱"，从庙堂到江湖，约束严苛起来，端着的人自然越来越多。道貌岸然、一本正经是常态。时至近现代，呼啦啦如春风吹酒醒，晋地陕北的民歌惊世骇俗，唱得撕心裂肺，让人血脉偾张。

譬如山西民歌："哥拉你的手，哥亲你的口，拉手手，亲口口，哥领你往旮旯里走。"如此直白无邪，惊为《诗经》再世。原来思想的解放，大多是从山野萌动的。

"思无邪"的动人之处在于真情流露、毫不掩藏。然而，不是所有的和盘托出都美妙无比。譬如，阿Q对吴妈说"我和你困觉!"您看看，那为啥就没有美感呢? 更要命的是，很多人的做派连阿Q都不如，却自认是天底下"思无邪"第一。真是信了你的邪!

古董级笑话

有些笑话应该超越时间，被传遍大街小巷，譬如《董叔娶妻》。

董叔想做范氏的女婿，叔向说："范氏是富豪，你为什么要和他们家结亲？"董叔说："欲为系援焉。"意思是想攀高枝。一次，有人告状说董叔不懂礼数，范氏就把董叔抓起来绑在院子里的槐树上。叔向经过的时候，董叔对叔向说："麻烦你给我求个情，放我下来。"叔向说："求系，既系矣；求援，既援矣。欲而得之，又何请焉？"

好笑不？不好笑。不好笑的原因，主要是话语体系发生了变化。这个笑话的梗在"系援"，有多重意思，前后呼应才幽默，意思是"你要攀高枝，现在不就是攀高枝吗？"看这些古董级的笑话，只有边看边翻译，才能让老梗发新芽，否则就变成了烂梗，笑不出来。

《国语》记载，卫庄公进行战前祷告："恭敬地向我太祖文王、开国始祖康叔、祖父襄公、父亲大人灵公祈告，不要让我断筋，不要让我骨折，不要毁伤我的脸，不要毁坏我的兵器，不要让我摔到车下受惊吓。死就听天由命，不敢麻烦祖宗。"赵简子听到后说："庄公的祈祷就算是我的祷告。"

天大的事，如果能笑得出来，就不是大事；再小的事，如果笑不出来，就是天大的事。古人的幽默有时能超越时空，击中你的笑点而让你哑然失笑。

博罗罗浮山离深圳也就百十来公里，《太平广记》里记载，罗浮山有个老先生叫轩辕集，年过数百，容貌却并不衰老，有各种古怪和神奇。有次唐宣宗问他："我能做几年天子？"老先生拿过笔来写道："四十年。"但"十"字跳来跳去。唐宣宗笑着说："我怎么敢奢望四十年呢？"等到唐宣宗晏驾，是十四年。老而不死是为贼，轩辕集老先生够老，不应该是贼，而是人精。老人看透世相必然豁达。人一豁达，自然幽默。

笑料存在有效期的问题。

过去可笑的，现在不一定可笑；现在可笑的，今后不一定可笑。我们不懂前辈的幽默，其实也不懂晚辈的笑话。

一代人有一代人的可笑，如果一成不变，那才可笑。

老九被人臭

据说，元朝曾按职业将中国人分为十等：一官二吏三僧四道五工六农七医八娼九儒十丐。知识分子或者儒生被划为第九等，与妓女、乞丐是左右邻居。

"文革"时说，知识越多越反动。因此，在"老九"前面要加个"臭"字，主要目的，是让斯文扫地，这是一种反智现象。当然，有的知识分子脱离社会，活在个人圈子里也不好。嘲弄应该是一种提醒。

《笑林广记》里嘲笑儒生的笑话很多。

小虎谓老虎曰："今日出山，搏得一人食之，滋味甚异，上半截酸，下半截臭，究竟不知是何等人。"老虎曰："此必是秀才纳监者。"

大家都说酸秀才，这个段子的好笑之处是在"酸"的基础上增加"臭"："那人一定是秀才通过纳捐买成监生的。"

再看一则：一瞎子善闻香识气。有秀才拿《西厢记》与他闻。曰："《西厢记》。"问："何以知之?"答曰："有脂粉气。"又拿《三国志》与他闻。曰："《三国志》。"又问："何以知之?"答曰："有兵气。"秀才以为奇异,将自作的文字与他闻。瞎子曰："此是你的佳作。"问："你怎知?"答曰："有屁气。"

"臭"儒生的还有一个:有个秀才,每次写完文章都请前辈指教。一先辈评其文曰:"昔欧阳公作文,自言多从三上得来,子文绝似欧阳第三上得者。"儒生极喜。友见曰:"那人是在嘲笑你。"儒生曰:"把我比作欧阳修,怎么能说是嘲笑我呢?"答曰:"欧阳公三上,谓枕上、马上、厕上;第三上,指厕所呀。"

厕上作文,臭气熏天。《笑府》在此基础上再推进一步:一人死了岳母,托教书先生作祭文。先生按古本抄录,误抄祭妻子的文字。此人去责问,先生说:"文章是书上刊定的,绝对不错。谁教你们家死错人?"

你看看,老九一步步走入下流,从"酸"到"臭"到"迂腐",五味俱全。

如此惭愧

东汉第一名士郭泰问太学生仇览："你曾经有过什么过错吗？"仇览答："我曾经喂牛，牛不吃草，就抽了牛一鞭子，到现在心里还过意不去。"

明朝著名作家冯梦龙在《古今谭概》中将其归为"迂腐部"。窃以为，不迂腐。

不迂腐如鲁迅，也有埋藏在心底的愧疚。他在《风筝》中讲了自己的故事：

我向来不爱放风筝，觉得这是没出息的孩子所做的玩艺。和我相反的是我的小兄弟，他大概十岁，多病，很瘦，最喜欢风筝，自己买不起，我又不许放，只得张着小嘴，呆看着空中出神。有一天，在一间堆积杂物的小屋，我发现小兄弟偷做了一个蝴蝶风筝，将要完工。我很愤怒，即刻折断了蝴蝶的一支翅骨，又将风轮掷在地下，踏扁了。

人到中年的鲁迅，忆及二十年前的这一幕，愧疚不已。

有一回，早已有了胡子的两兄弟聊起儿时的旧事，鲁迅便叙述到这一节，检讨少年时的糊涂。"有过这样的事么？"兄弟惊异地笑着说，就像旁听着别人的故事一样。过去的小兄弟、如今的老兄弟什么也不记得了，但鲁迅对自己深深的自责却丝毫没有减轻。

人的一生，总有无数愧疚的事。著名诗人张枣在《镜中》一诗中说："只要想起一生中后悔的事，梅花便落满了南山。"诗人的厉害就在于，一句话切中要害，三两下窥破人心。譬如郁达夫，"曾因酒醉鞭名马，生怕情多累美人"。这不是小男生为小女生写的情诗，而是诗人深为以前走马章台、诗酒风流的生活而自责，表示要以国家兴亡为己任的心声。

仇览不是古代一线名人，但是，他以善于教化而闻名于当时。他教育家人，别具一格。妻子儿女有过失，他不去责怪，而是除去自己的帽子，沉痛自责。妻子儿女站在院中，只有等到仇览戴上帽子，才敢进屋。可以说，仇览是道德楷模，能达至无咎。

做人要常怀愧疚之心，仰要愧于天，俯要愧于地，行要愧于人，止要愧于心。如果觉得自己一直无愧，恐怕会出大问题。

孟子曰："人不可以无耻，无耻之耻，无耻矣。"侵犯一下亚圣的知识产权：人不可以无愧，无愧之愧，无愧矣。

心中无妓

二程先生程颢程颐，是亲兄弟。有天一同去朋友家赴宴。座中有两位歌妓助兴，歌声婉转，舞姿娇媚。弟弟程颐见妓，拂袖而退，认为有辱斯文。哥哥程颢怡然自得，同他客尽欢而罢。第二天一早，程颢到程颐的书房，说起昨天的事，程颐依然满脸怒色。程颢笑曰："昨日'座中有妓'而我'心中无妓'，今日'座中无妓'而你'心中有妓'。"程颐闻之，面带愧色，心中叹服。

程颢程颐是我国理学奠基人，二人在思想上差不多，但在性格上差很多。

弟弟程颐比较古板，他认为"饿死事小，失节事大"，提倡"去人欲，存天理"。他教皇帝读书，估计很枯燥。一日讲完课没走，皇上倚着栏杆折柳枝玩儿。程颐进言说："正是春天柳枝生发的时候，不要无端地摧折它。"皇上把柳枝摔在地上，闷闷不乐。对皇帝尚且如此，对朝中大臣估计更严。因此，有人提出把程颐"放还田里"。最后他辞职回乡，从帝王师回归布衣身。

哥哥程颢有趣得多，从家宴一事来看，程颢就像自己所说，是"中心如自固，外物岂能迁"，格调阔大。还有个故事类比程颢。老和尚带小和尚途经一河，一女正为过河发愁。老和尚背起女子就过了河。小和尚惊掉了下巴："和尚怎么能接近女色？"老和尚说："我把她背过河就放下了，你怎么还在心里没放下？"这故事的禅味跟"心中无妓"异曲同工。

很多的事，乍听之下，很有理。细想之后，不一定。

譬如程颢，他是得了便宜还卖乖。可怜程颐，没吃羊肉反惹一身骚，哥狡弟憨。在这点上，清代袁枚眼光犀利，他对程颢就颇有微词："如果和妓女有染，也可以说身上有妓心中无妓么？"同样，受贿一个亿，难道也可以说"手上拿钱而心中没拿"？

所以，君子不立于瓜田李下，不将"心中无妓"做托词，否则就是伪君子。有妓无妓走远点，有钱无钱离开点。果能如此，就真不错。

春风风人

叫人积德行善，可谓老生常谈。有些东西，常谈还得谈。

孟简子因罪逃亡到齐国，受到齐相管仲的热情接待。管仲问："老兄在担任梁国和卫国宰相的时候，有多少门客？"孟简子说："门下使者三千余人。"管仲问："现在有几个人和您一起来？"孟简子："三人。"管仲又问："三个什么人？"孟简子说："有一人是无钱葬父，我为葬之；有一人是无钱葬母，我为葬之；有一人是兄长惹了官非，我设法营救出来。所以就他们三个跟来了。"管仲闻言感慨万千："哎呀！吾穷必矣！吾不能以春风风人，吾不能以夏雨雨人，吾穷必矣！"

管仲是春秋时期法家代表人物，著名的改革家，在齐国推行变法革新，得罪了很多人。和孟简子两相比较，他检讨自己的为人处事。改革是利益的调整，如果损害了大多数人的利益，那不叫改革，那是折腾。孟简子的所作所为是积德行善，可为改革者做价值取向。

只因一匹良马，三百野人舍命救秦穆公，有人说这是"少为人知的中国式智慧"，其实这是积德的结果。

秦穆公有次出行，丢失了心爱的骏马。穆公自己去找，发现骏马已经被人宰杀，三百多名当地人正在吃马肉。穆公往那里一站，说："你们吃的是我的骏马。"众人皆惧而起，穆公说："我听说，吃了骏马的肉，如果不喝酒，会伤人。"于是就赐酒给他们喝，并赦免了他们。三年后，晋国攻秦穆公，将他围在中间，往时食马肉者互相转告："我们应该以死报答吃马得酒之恩。"于是众人皆摧锋争死，秦穆公不仅得以解围，反而还抓获晋惠公得胜以归。

积善之家，必有余庆；积德之人，必有后福。善德兼备，天必佑之，人必护之。秦穆公、孟简子，一为君王一为高级干部，善德可以操诸掌心。我等普通人，行不了大善大德，小善小德可触手成春。我们要褒扬举手之劳的善，提倡润物无声的爱。人生四季，除了风刀霜剑之外，也有许多的好，譬如春风风人，夏雨雨人，秋高爽人，冬日暖人。无能为力的时候，我们感恩施与。可以作为的时候，我们付出善良。

古今是笑府

世界是面大镜子，你笑它便笑，你哭它便哭，你若愁苦便是阴天。因此，冯梦龙在《笑府》序中说："古今世界，一大笑府，我与若皆在其中。""或笑人，或笑于人；笑人者亦复笑于人，笑于人者亦复笑人，人之相笑，宁有已时?"

观《笑府》及其后的《笑林广记》，文字简洁，滑稽诙谐，具有很强的喜剧效果，最主要的是，读后让人笑不出来。

骂喝酒的"性不饮"：除夕之夜风俗是用一瓶酒一碗肉祭拜"石敢当神"，主人作完揖，看见一只狗在旁边，赶紧让童子把供品收回家。童子刚把酒拿进去，回来一看，肉已被狗吃了。主人大骂："你个痴奴才，先收肉便好，狗是不吃酒的。"

讽刺人脸皮厚的"老面皮"：众人在一起讨论世上什么东西最硬。有人说石头，有人说金子，正争论不休时，一人指着有胡须的一位说："唯老兄的胡须最硬。"大家问理由。答曰："你看这么老厚的脸皮，亏胡子钻了出来。"

当然，骂当官的笑话亦非常多。

有人种菜总是种不活，求教于有经验的老菜农。菜农说："这不难，只要在每棵菜苗下埋一文钱就可以了。"这人问是何故，菜农说："有钱者生，无钱者死。"

"避暑"是骂官府的：天气炎热，有个官员打算找避暑的地方。同僚们有的说某山幽雅，有的说某寺院清凉。有位老人进言道："山上和寺院虽好，但都没有这个办公楼凉快。"官员说："何以见得?"答曰："别的地方都有太阳，只有这里暗无天日。"

骂贪官的：某县官任满归家，见家中多了一个老头，一问才知是任职县里的土地神。问为何跟随而来，答曰："地皮都被你刮来了，教我如何不随来。"

骂有钱人是笑话里常有的主题。孔子看见死麒麟，大哭不止。学生们为了安慰孔子，把铜钱串起来，挂满牛身，然后告诉孔子，麒麟已经活了。孔子看了之后说："这明明是一头蠢牛，只不过多几个钱罢了。"

你看看，仇官仇富，古已有之。

君王撒娇

撒娇这事，还是女士专业。

李清照："蹴罢秋千，起来慵整纤纤手。露浓花瘦，薄汗轻衣透。见客入来，袜刬金钗溜。和羞走，倚门回首，却把青梅嗅。"这应该是与赵明诚初见时吧，少女的娇羞全在此。

新娘子撒娇，欧阳修写得好："凤髻金泥带，龙纹玉掌梳。走来窗下笑相扶，爱道画眉深浅入时无？弄笔偎人久，描花试手初。等闲妨了绣功夫，笑问鸳鸯两字怎生书？"闺房内新嫁娘黏人，这个应该是第一。

李逵也会撒娇。话说李逵上山之后，宋江的父亲宋太公被接上山来，公孙胜也要回乡看望老母。众头领金沙滩送别公孙胜，黑旋风李逵放声大哭起来。宋江连忙问道："兄弟，你如何烦恼？"李逵哭道："这个也去取爷，那个也去望娘，偏铁牛是土掘坑里钻出来的！"要回家接老娘，至于哭吗？再看看他自称"铁牛"时的做派，既不称李大，也不称黑爷爷，称起自己的小名了，毫无疑问，这是撒娇的哭、装憨的哭。作家鲍鹏山说，看起来粗鲁且笨头笨脑的李逵，其实是个很会撒娇的人。板斧与撒娇，是李逵的两大法宝：板斧对付敌人，撒娇征服朋友。

君王也撒娇，而且撒起娇来，无敌。晏子上朝，"乘弊车，驾驽马"。齐景公发现了这种情况，惊讶又自责，就派人给晏子送来四匹马拉的豪车，来回送了好几次，晏子都不肯接受。景公很不高兴，立即召见晏子，说："夫子不受，寡人亦不乘。"看看，撒娇了吧？你不吃，我陪你挨饿。你不喝，我陪你受渴。你不乘车，我陪你走路。你要走了，我倚门回首，却把青梅嗅。

有的干部自认是"弱势群体"，有人说这是撒娇。是不是，不好说。

神行太保戴宗　黑旋风李逵

漂亮有什么用

漂亮有什么用，又不能当饭吃。还真别说，漂亮不仅可以当饭吃，还可以救命。

西汉丞相张苍早年跟随刘邦攻打南阳，后来因犯法应该斩首。张苍脱下衣服，伏在刑具上，身体长大，一身如同瓠子一样肥白细腻的皮肤光彩照人，大将王陵凑巧路过，惊叹张苍是"美士"，赶紧向沛公说情，赦免了他的死罪。这样，张苍便一生跟随沛公，最终出任丞相。张苍从秦到汉，历经秦始皇嬴政、汉高祖刘邦、汉惠帝刘盈、前少帝刘恭、后少帝刘弘、汉文帝刘恒六个皇帝，活到一百零四岁才去世。好看又能长寿的，张苍第一。

现代人越发看脸，其实，古代颜值也当道。古往今来，人们好色的本性，从未改变。

魏晋南北朝这段时期，潘安之外，男神是庾亮。庾亮之靓，同性见了都说好。庾亮是官员，处理政务难免得罪人，陶侃就是死对头。东晋宰相苏峻以讨伐庾亮为名，攻入建康，专擅朝政。此时，陶侃是东晋的中流砥柱，国之废立，全靠他。

陶侃是何许人？东晋名将，作为联军主帅平定了苏峻之乱，为稳定东晋政权，立下赫赫战功。他治下的荆州，路不拾遗，他的曾孙就是著名的田园诗人陶渊明。他有个爱好，在广州时，总是早上把一百块砖搬到书房外，傍晚又把它们搬回书房里。别人问他为啥用这种方式"搬砖"？他说："我正在致力于收复中原，过分的悠闲安逸，唯恐难担大任。"乱世容易夹带私货，陶侃也会公报私仇。此时，庾亮仓皇辞帝都，投奔陶侃，向其求救。陶侃说："苏峻作乱，事端都是由庾家人挑起的，就是杀了庾家兄弟，也不足以向天下谢罪。"庾亮亲耳听见这些话，十分崩溃。有人劝庾亮去拜见陶侃，庾亮去了。不愧是美男子，"风姿神貌"，一下子征服了一代名将陶侃。陶侃"一见便改观"，和庾亮畅谈欢宴一整天，对庾亮的爱慕和推重一下子达到顶点。

看来，美丽不仅能化敌为友，还是战斗力。

舍得夸人

读《世说新语》，感觉中国历史上美男子最多的时期，是魏晋。

且不说头牌美男潘安，还有当时并列第一的花美男卫玠。举目四望，朝堂上下，都是风度翩翩的俊秀之士。

陈仲举曾经赞叹周子居是"世之干将"，这是拿宝剑来比方人。公孙度眼中的邴原是"云中白鹤"。当时的人评论夏侯玄好像怀里揣着日月一样光彩照人。中书令裴叔则（裴楷）仪表出众，即使脱下帽子，粗服乱头皆好，时人以为玉人。嵇康身长七尺八寸，风姿特秀，见过的人都赞叹他"举止萧洒安详，气质豪爽清逸"。

王戎是"竹林七贤"中年龄最小的一位，个子非常矮，然而，大家说他"身材短小而风姿秀彻"。这很让人费解。个子高的人才有风度，武大郎式的"三寸丁谷树皮"，风度何来？当然，中书令裴楷称赞他双目"烂烂如岩下电"。这个好理解，个子矮，不影响"目光炯炯，像岩下闪电"。矮人也有可观之处。最可气的是，丑的也能说漂亮。刘伶身高四五尺，相貌非常丑陋，可是神态悠闲自在，显得质朴自然，竟然也因此受到称赞。

前辈各有优点，后代也很不凡。"竹林七贤"，都有才能出众的儿子：阮籍的儿子阮浑，气量宽宏；嵇康的儿子嵇绍，志向高远；山涛的儿子山简，通达而且高洁纯真；阮咸的儿子阮瞻，谦虚平易；阮瞻的弟弟阮孚，爽朗而不受政务牵累；向秀的儿子向纯、向悌不肯同流合污。只有王戎的儿子王万早逝，刘伶的儿子默默无闻。

活着的被推崇，死了的也受称赞。桓温经过王敦墓边时说："可儿！可儿！"意思是"可意人儿！可意人儿！"

能说会道是优点，不说话也是优点。丹阳尹刘惔称赞江道群："虽不擅长发言，却善于不发言。"即使啥都不如人，也还是很好。时人评论阮思旷："他的骨气比不上王右军，简约内秀比不上刘真长，华美柔润比不上王仲祖，才思韵味比不上殷渊源，可是却兼有这几个人的长处。"

魏晋时期的人，表扬别人，也不忘表扬自己。桓温问刘惔："听说会稽王司马昱的言谈进步飞快，是这样吗？"刘回答说："极有长进，但依然只是第二流中的人物而已！"桓温又问："第一流又是些什么人呢？"刘说："正是我们这些人啊！"

细想一下，魏晋时期俊男靓女的比例应该和现在一样，为何总感觉魏晋多美男？应该是互相推广，互做广告，互相夸赞。不是谁都喜欢夸奖人，因此，"平生不解藏人善，到处逢人说项斯"就显得尤其可贵。说好话的好处是，别人也会往你脸上贴金而不是泼粪。

嵇康抚琴

山涛醉酒

阮籍戏月

山简酣饮

千古帝王诗

　　我国是一个诗意充盈的国度。歌诗不绝，名篇佳作迭出，"帝王诗"是一个独特品类。自秦皇以降，逮至末代皇帝溥仪，在两千多年的封建社会，历朝历代一共出了四百多位皇帝。其中，亲自写诗填词的皇帝不少。

　　秦始皇可能写过诗，不过史无记载。项羽的《垓下歌》让人听出一声叹息，刘邦的《大风歌》虽然只有三句，却句句王气逼人。其后，"文艺皇帝"逐渐多起来，而且作品达致量产，最著名的是两对"皇帝"父子。

　　开国之君一般左手刀剑右手笔墨，曹操曹丕父子是也。

　　曹操的诗歌气韵沉雄，慷慨悲凉，开创了以乐府写时事的传统。"白骨露于野，千里无鸡鸣。"《蒿里行》始而忧贫，继而悯乱，"足当哀歌也"。让人一读之后，老气横秋。曹丕的《燕歌行》采用乐府体裁，开创性地以句句用韵的形式写作，是现存最早最完整的七言诗。"秋风萧瑟天气凉，草木摇落露为霜，群燕辞归雁南翔……"全诗音节婉约，情致流转，今古无双。

亡国之君一般两手空空亡刀剑，左右开弓写词章，李璟李煜父子是也。

南唐二主之词，高踞中国文学之巅。王国维《人间词话》称："词至李后主，而眼界始大，感慨遂深。"李煜是最不像皇帝的皇帝，最是词人的词人。他的皇帝爸爸李璟也非常了得："青鸟不传云外信，丁香空结雨中愁。"李璟的气场，影响到千年之后的一个年轻人——戴望舒，他的《雨巷》用的就是李璟"丁香"的意象："撑着油纸伞，独自/彷徨在悠长，悠长/又寂寥的雨巷/我希望逢着/一个丁香一样的/结着愁怨的姑娘"。真的有迹可循。

皇帝的主业是治国理政，也有主业搞得好、副业也不错的君王。乾隆是中国历史上实际掌权时间最长的皇帝，也是最长寿的皇帝，还是写诗留存至今最多的人，总共写诗四万多首。皇帝秀才艺比谁都有条件，洋洋大观乾隆诗，经过时间的淘洗后，能让人记住的不多。本人比较喜欢他的《菜花》："黄萼裳裳绿叶稠，千村欣卜榨新油。爱他生计资民用，不是闲花野草流。"居庙堂之高，懂江湖之远，难得。

皇帝不是职业文人，力有余则为文。基本上，不务正业的容易出成果，"宋徽宗诸事皆能，独不能为君耳"。国家不幸诗家幸，《词史》说："言辞者必首数三李，谓唐之太白，南唐之二主与宋之易安也。"

在政界很烂的皇帝，在文艺界很棒。

让人脸红的诗

有人喝酒脸红，有的不红，这是先天的禀赋。同样一个人，年轻时不红，年老了脸红，这是时间使然。

年轻是个好东西，因为有明天。表现在酒，纵情享乐；表现在诗，气势如虹。"人生得意须尽欢，莫使金樽空对月。""三杯通大道，一斗合自然。"青春飞扬，鲜衣怒马，年轻真好。"名都多妖女，京洛出少年。""新丰美酒斗十千，咸阳游侠多少年。"那时候，诗人年轻，诗人的笔更年轻。

年轻人饮酒，一眼即知。晏殊说，"酒红初上脸边霞"。杨公远说，"颜貌元非借酒红"。年轻是明摆着的，未来是年轻人的。其实，过去也是，现在更是。只是当年的年轻人被现在的年轻人替代，现在的年轻人会被未来的年轻人替代。人事有代谢，往来前后浪。不变的，唯有酒。

老迈饮酒，不同少年时。诗人笔下的老年，因为放下很多东西，反而一身轻，倒也可爱。老人是选择性记忆，只想美人和美事。"彩袖殷勤捧玉钟，当年拚却醉颜红。""与君论心握君手，荣辱于余亦何有？"岁月如酒，歌诗不绝。白居易："醉貌如霜叶，虽红不是春。"苏东坡："儿童误喜朱颜在，一笑那知是酒红。"郑谷："衰鬓霜供白，愁颜酒借红。"不是诗让老人脸红，而是脸红让生活充满诗意。这些写老年酒态的诗歌，皆为极品。

"诗人说"和"科学家说"是两种不同的话语体系。科学家这样解释喝酒脸红：身体靠两种酶代谢酒精。喝酒时，身体中的第一种酶——乙醇脱氢酶将酒精转变成乙醛；然后通过第二种酶——乙醛脱氢酶将乙醛分解成二氧化碳和水，最后降解完毕。如果体内缺乏解酒的酶，就会导致毛细血管扩张，就会脸红。

科学家总是说实话，实话总是让人扫兴。诗人喜欢说虚话，虚话让人开颜。"手持昆冈白玉斧，曾向月里斫桂树。""嫦娥应悔偷灵药，碧海青天夜夜心。"这是诗人的月亮。科学家一看：鬼扯。月球里面没有人和桂花树，连风都没有。诗人是科学家的迷魂汤，科学家是诗人的醒酒药。诗人被科学家训得脸由红转白，酒醒大半。唉！科学消灭了多少美丽的神话。罢了罢了，举杯邀明月，低头酒喝光。只是盛满月光的酒杯里，少了绽放的诗意，成了闷酒。

少康酿酒图

禁酒无好诗

中国的酒诗洋洋大观，"桃李春风一杯酒""劝君更尽一杯酒"。如果将这杯酒一分为二，一为纵酒诗，一为禁酒诗。

纵酒诗精品佳作迭出，从《诗经》的"厌厌夜饮，不醉无归"，到"借问酒家何处有""白日放歌须纵酒"，与酒有关的诗句，已经内化为中华民族的文化基因。李白的诗，李白的酒，是诗酒入云的高峰，不似在人间。杜甫眼中的李白："痛饮狂歌空度日，飞扬跋扈为谁雄。"台湾诗人余光中眼中的李白："酒入豪肠，七分酿成了月光，余下的三分啸成剑气，绣口一吐，就半个盛唐。"真乃酒诗中的神品。

然而，酒，终究有问题。醉酒失德，酗酒无行，耽酒伤身。万事万物，过了，就不堪，所以就有禁酒诗。

酒博士万伟成在他选评的《酒诗三百首》里，专门辟出一章，收录了劝人戒酒的八首诗歌。陈师道的《答田生》就是一首地道的戒酒诗："酒亦有何好，人今未肯忘？苟无愁可解，何必醉为乡？"

然而，让人禁酒，道理全对；化而为诗，无一入流。

首先，纵酒和戒酒，在诗歌的数量上，完全不对等。还是以万伟成博士选评的《酒诗三百首》为样本，此书共选历代作家136人的酒诗共316首，其中禁酒诗只有8首，约占2.53%，几乎可以忽略不计，足见禁酒在古今诗界声音微弱。

其次，诗歌质量不对等。禁酒诗作为反对派，数量可以少，质量不能差。可惜，这是酒话。禁酒诗诗意不浓说教味浓，晋人嵇绍《赠石季伦》："事故诚多端，未若酒之贼。"禁酒诗不感人还专吓人："几个土馒头，中间酒人在。"禁酒诗装神弄鬼，不悦读，很恶俗。

再次，同一作者，纵酒诗写得又好又多，禁酒诗写得又少又差。苏轼酒量不大，在贬谪海南的路上又患了痔疮，吃亏不小。他发誓禁酒："从今东坡室，不立杜康祀。"他在《孔毅父以诗戒饮酒》中写道："此身何异贮酒瓶，满辄予人空自倒。"这哪是坡仙的手笔，简直要将他开除出"唐宋八大家"之列。

兹仿余光中《寻李白》诗，也为戒酒壮声威：酒入豪肠，七分灵魂出窍，余下的三分啸成贱气，绣口一吐，惨不忍睹。

一字师

两个不怎么有名的人，弄出了一个非常有名的典故。

话说唐末诗僧齐己，曾以《早梅》一诗求教于诗友郑谷，诗中有一联云："前村深雪里，昨夜数枝开。"郑谷看后说："数枝"非"早"也，未若"一枝"佳。齐己深为佩服，"不觉下拜"，即称郑谷为"一字师"。从此，郑谷"一字师"的盛名便在士大夫中传扬开来，有关史籍也有记载。时至今日，只要提到"一字师"，就会关联上这两个人。

说齐己和郑谷"不怎么出名"或许有失偏颇，齐己是唐朝四大诗僧之一，其传世作品数量居四僧之首。郑谷是唐末著名诗人，曾经写过鹧鸪诗，广为流传，因此被人称为"郑鹧鸪"。在繁星满天的唐代，这两人都不是一流人物，和一线大明星李杜相比，他们最多算是"隐形冠军"。但是，"一字师"让他们在文学界有一席之地。

一字而成师的人，最好的职业是编辑。虽然只着一字，却是毕生之功。一字师要有眼力，看出问题所在。要有脑力，给出最佳答案。要有笔力，一字定终身。机锋敏捷，忽然触发，犹如电光石火，神奇技矣。

大家也要一字师。北宋范仲淹在浙江桐庐做太守时，给东汉隐士严子陵建造祠堂，亲自为记，文中有一首赞颂严子陵的诗："云山苍苍，江水泱泱，先生之德，山高水长。"文章写成后，范仲淹把它拿给友人李泰伯看。李泰伯说："云山""江水"等词，从内容上说，很宏伟，从用语上说，极有气派；而下面用一个"德"字接它，似乎显得局促，换个"风"字怎么样？范仲淹听后，再把诗低低吟诵一遍："云山苍苍，江水泱泱，先生之风，山高水长。"味道果然大不相同，范仲淹"凝坐颔首，殆欲下拜"。

诗有诗眼，文有文眼，一字师有时就是点睛人。一字之师，哪里去找？答曰：不离左右。三人行，必有我师焉。只要虚怀若谷，师者就在身边。

三人行

真会骂人

狗是人类的朋友，这种认同是狗用忠诚和一万多年的进化换来的。因此，干宝在《搜神记》里，将忠犬与鬼神比肩同列。

李信纯是孙权时期襄阳纪南人，家养一狗，爱之尤甚。有一天醉卧荒野，遭遇大火。犬见火来，就用口使劲拽主人衣服，主人沉醉不醒。此犬聪明异常，飞奔至附近的溪流中，用身体沾满水淋湿主人身边的草丛，使主人免于大难。但是因为运水困乏，致毙于侧。李信纯将此事报告给太守。太守感慨不已，说："犬之报恩，甚于人；人不知恩，岂如犬乎！"

读完这个故事，在被狗感动的同时，也被这位太守大人感动。原因有三：一是草民一点"狗事"，他居然亲自接访；二是心地柔软，居然被一条狗感动；三是讲话有高度有水平，居然将狗的忠肝义胆与人两两相较，看出有些人不如狗。

所谓"春秋笔法"，就是在叙述事实时，隐含观点；在记述历史时，暗含褒贬；每用一字，都是"微言大义"。说白了，就是寓理于事，指桑骂槐。干宝是这方面的高手，所搜之神，所志之怪，看似荒诞，云里雾里，实则脚踏实地，直指人心。

他在《狗冠出朝门》里记载了两个狗故事。一个是说，汉昭帝时，昌邑王刘贺看见一条大白狗，戴着"方山冠"而没有尾巴。另外一个是说，到了汉灵帝熹平年间，宫内之人给狗戴上帽子，系上印绶。这两个故事，在《资治通鉴》里也有记载，而且更详细。那条大白狗，《资治通鉴》里说"颈以下似人"。刘贺心里很不痛快，就问近臣龚遂。龚遂比较"二"，他回答说："这是老天的警告，说您左右亲信之人都是戴着帽子的狗。"汉灵帝刘宏更过分，竟然给狗戴上官帽系上官带，直指满朝文武大臣为狗东西。

世间规则是，你怎么对待别人，别人就怎么对待你，哪怕你是皇帝老子。换个说法就是"己所不欲勿施于人"。物以类聚人以群分，如果你将周围的人当作狗，自己有可能猪狗不如。换个说法就是，如果围绕在你周围的都是狗，你一定是狗。

骂人不容易，需要讲求艺术性。对比著名作家干宝大师，我们确实修为不够。因为，我等路见不平，心中憋屈，破口就是一句"狗娘养的！"虽觉畅快淋漓，但离斯文远矣。

卿卿我我

按礼数，妇人应以"君"称其夫，男子应以"卿"称其妻。王戎之妻反其道而行之，总是以"卿"称呼王戎，叫多了王戎很不好意思，他告诫妻子说："你这样叫我，于礼为不敬，往后不要再叫了。"他妻子："亲卿爱卿，是以卿卿。我不卿卿，谁当卿卿?"没办法，王戎只好听之任之。"卿卿我我"这个成语就这样流传开来，现多用来形容男女之间的亲昵。

王戎的女婿裴颁也遇到卿卿我我的尴尬。裴颁是官宦子弟，颇有雅量，见识高远，后为高官。太尉王衍比他年长四岁，两人不相交好。有次名人雅集，有人对王衍说："裴颁叔叔的名望哪里值得如此推重!"王衍一听来了感觉，马上以长辈的姿态称裴颁为卿。裴颁说："君想摆长辈的架子，我就成全您吧。"年长四岁而滥充长辈，这明显是无礼。所以裴颁就反话正说，暗含讥讽。

在官场和社交场合，古时君对臣、上对下亲昵的称呼为

"卿"，如爱卿众卿。反过来则称呼为"君"。这个摆架子的王衍太尉，也碰到了卿卿我我的人，让他伤透了脑筋。

这个人叫庾敳，也是魏晋名人。他是出了名的形象差，"长不满七尺，而腰带十围"，基本就是个球样。他与左思、刘伶，合称魏晋三大丑男。因为形貌难看，一些人对他避而远之，太尉王衍也怕他。庾敳的官职在太尉之下，但他总是用"卿"来称呼太尉。有天王衍很正式地说：庾敳，我求求你了，你别老这样卿啊卿的，弄得好像我们多亲热似的。庾敳说："卿自君我，我自卿卿；我自用我法，卿自用卿法。"你称我为君，我呼你为卿，我用我的叫法，你用你的叫法，没关系的嘛。王衍顿时没了脾气。

古代很讲究名教观念，"君君、臣臣、父父、子子"，一点都不能乱，通过定名分来维护等级，便于社会管理。在现代，在适当的时间适当的地点适当地称呼人，也不是一件容易的事。很多时候，见面称兄道弟太过亲热，省略姓只称名显得唐突，喊全名太见外，叫绰号太随便。还是"我自用我法，卿自用卿法"好，只要不随便卿卿我我，起码可以保证不遭白眼，不挨砖头。

一言定论

互联网的优点是内容丰富，缺点是内容太丰富。同样一件事，说好说坏的都有，让人莫衷一是。古代没有互联网，但古今舆情的生发、峰聚和回落毫无二致。

有位叫真娘的女子，是吴国美人，美艳如同后来钱塘的苏小小。她死后葬在吴宫旁侧，过往行人墨客有感于真娘的华美秾丽，在她墓前题了很多诗，所有的树干上都写满了。其中有李商隐、刘禹锡、白居易这样的诗词大家。有个叫谭铢的举人，是吴地才子，他题写了一首绝句："武丘山下冢累累，松柏萧条尽可悲。何事世人偏重色，真娘墓上独题诗。"此诗一出，后来之人，看到谭铢题诗在上头，都闭了嘴。

叹美人如此，咏风俗一样。麻姑山，山谷秀丽，草木多奇。邓仙客是著名道士，为国师，他死后，安葬于此，两旁松柏相望。诗人经过这里，必有吟咏，所题之诗已经几千首。忽有一少年，也题一绝，之后，人们都停笔不语。他的诗是：

"鹤老芝田鸡在笼，上清那与俗尘同。既言白日升仙去，何事人间有殡宫。"他没有题写姓名，只说是"天峤游人"。无名诗人此诗得入《全唐诗》，邓仙客的名声，也一日弱似一日。

唐玄宗与杨贵妃的君王之恋，因为白居易字字珠玑的《长恨歌》，引发了历代文人墨客的诗情文思。马嵬坡是杨贵妃缢所，才子士人赋咏不可胜记，但内容都逃不出幽怨和叹息。丞相郑畋曾经题诗曰："玄宗回马杨妃死，云雨难忘日月新。终是圣明天子事，景阳宫井又何人。"读过这首诗的人都认为，这才是真正关心国家大事的诗作。清代诗人袁枚也曾作诗《马嵬》："莫唱当年长恨歌，人间亦自有银河。石壕村里夫妻别，泪比长生殿上多。"此诗不落俗套，另翻新意，诗冠群雄。

舆情成立之后，群言汹汹，口水互喷，舆论环境脏乱差。此时，期待一言而为天下法，盼望定纷止争的定音鼓。

白居易行吟图

208

各宝其宝

每个人都有宝贵的东西，有的是物质，有的是精神，有的物质兼精神。

宋国有个人得到一块玉石，把它献给宋国"建设部部长"子罕。献玉的人不是包工头，送玉石给子罕，不是为了承包工程，而是出于真心敬重。子罕不肯收。献玉石的人说："我给玉匠看了，玉匠说这是块真正的宝石，所以我才敢把它献给您。"子罕说："我把不贪当作宝，你把玉石当作宝。如果你把玉石给了我，我们都失掉了自己的宝。还不如各自都保留自己的宝。"

以不贪为宝，一生无忧。

有人送鱼给郑国的宰相，他不收。有人问："你平时特别喜欢吃鱼，为什么不接受赠送的鱼呢?"郑国的宰相回答说："正因为我嗜好吃鱼，所以不敢接受别人送来的鱼。收受了别人送来的鱼，我就会丢官。失去官职也就失去俸禄，没有俸禄我哪来钱吃鱼？不接受馈赠，则可保住官职，有官职就有俸禄，有俸禄则一辈子有鱼吃。"

郑相"受鱼失禄"的思维模式已经提升到辩证法的层面，具有普适性，可以推而广之。子罕、郑相俱为贤臣，他们"各宝其宝"的价值观值得为政者深思，也值得我们普通人借鉴。我们不要奢望以"宝"换"宝"，以小博大，否则，连自己拥有的宝贝都会失去，也会弄丢别人的宝贝。

王羲之特别喜欢鹅，会稽郡有位老婆婆养一鹅，善鸣，迷死人。王羲之想买走，老婆婆不答应。王羲之遂携亲友去老婆婆家里看鹅。闻羲之将至，老婆婆杀了这只鹅，煮成一大锅招待王羲之。羲之叹惜一整天。

这也是各宝其宝。

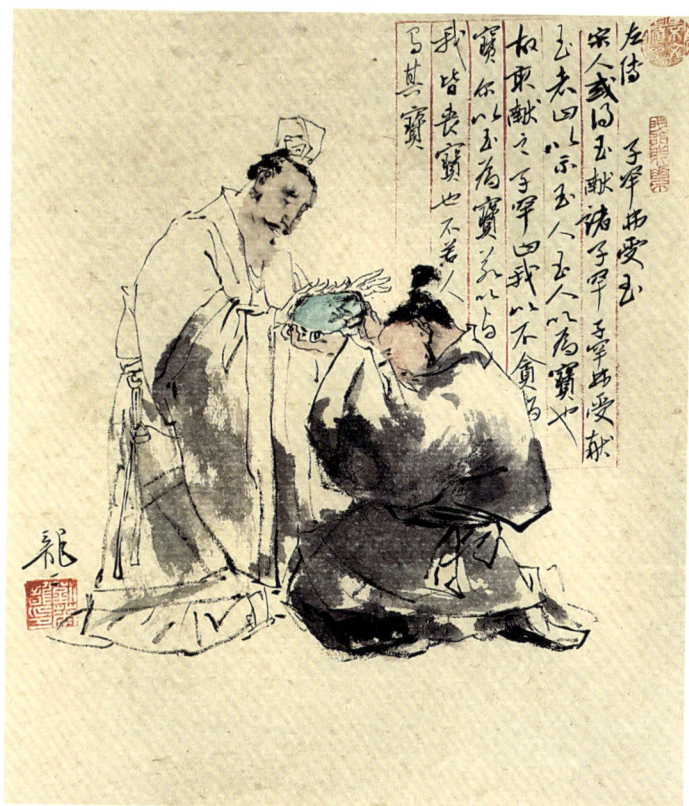

《左传》

子罕弗受玉

宋人或得玉，献诸子罕，子罕弗受献
玉者曰：以示玉人，玉人以为宝也，
故敢献之。子罕曰：我以不贪为
宝，尔以玉为宝。若以与我，
我皆丧宝也，不若人
有其宝。

子罕弗受玉

211

求田问舍

有恒产者有恒心，人们对恒产真的横了心。古人怎么对待恒产？沈括在《梦溪笔谈》里讲了三个房地产故事。

郭进是五代末年至北宋初年的著名将领，有才识，战功卓著。他在城里盖了一座大房子，完工后请族人、宾客和工匠一起举行落成典礼，也就是请客吃饭庆祝庆祝。工匠们坐在上席的西廊，他的儿子们坐在下席的东廊。有人提醒说："大人的公子们怎能坐在工匠的下首？"郭进指着工匠说："此造宅者。"又指着他自己的儿子们说："此卖宅者。"郭进是个明白人："此卖宅者，当然应该坐在造宅者的下首位置。"郭进死后不久，大宅院果然被子孙卖掉。仔卖爷田不心疼，郭进一开始就知道。

也有当爷的自己不甚明了。北宋的陈秀公当丞相后，在镇江修建了一处大院落，极其宏阔壮丽，园池楼馆绵延一里多。宅第建成时，秀公已病入膏肓，只能让人抬着上了一次楼看了看，然后就去世了。人称这宅子有"三不得"：居不得，修不得，卖不得。为谁辛苦为谁甜？真给后人添麻烦。

宋朝杨景宗微贱时，宰相丁谓正当红。丁谓家里建房子，杨景宗经常去帮忙，挑土递砖打下手，非常卖力。后来丁谓落败，皇上以其第赐杨景宗。真是天意，仔不卖爷田，老天帮你卖。以为是为别人辛苦，哪知道是为自己甜，也是一种能量守恒。

为人父母者，要做明白人。从出世的角度看，"人生如逆旅，我亦是行人"。要那么多物质的东西干什么？从入世的角度看，大丈夫应心忧天下。至于求田问舍、言无可采之事，少干。

辑五　知音

高山流水

狐狸精打架

纪晓岚在《阅微草堂笔记》里讲了个有趣的故事。

有个人经常被老婆殴打，一天趁老婆睡着，偷跑到破庙躲避。老婆发觉后，追到庙里，对着神像历数其过，喝令他趴在地上挨鞭子。这座庙里一直有狐狸。老婆刚打了丈夫十多鞭，一群狐狸嚷着一齐冲出来，说："世上还有这种不平事。"合力把这人抢过来放在墙角保护起来，却把他老婆捉住，用她打老公的鞭子打她。突然，狐狸的妻子们一齐嚷着冲出来，说："男人只知道护着男人，这家伙背着妻子做坏事，不应该打死他么？"于是也把这人的老婆抢过来放在另一个墙角，转而打她老公。一时间，男女狐狸又吵又闹，打成一团。

纪晓岚借他人之口评论说："快哉诸狐！可谓礼失而求野。狐妇乃恶伤其类，又别执一理，操同室之戈。"他的评论是两说，一是表扬男狐狸精，路见不平一声吼，果断出手维护人伦纲常。二是不批评女狐狸精，看到女同志被打，物伤其类，狐狸妻子们也不是吃素的，一哄而上打群架情有可原。这样闹哄哄的"狐打狐说"，不就是典型的"两性战争"么？

平心而论，大姑娘小伙子的成长发育是不均衡的。心智上，女子成熟早。同样的年龄，男孩子傻不愣登，女孩子鬼马精灵。智力上，女孩子强过男孩子远矣。如若不信，到大学去看看，学习好的全是女子。身体上，女孩子打个架什么的，不一定会输。真的输了，还有妇联出来撑腰。现在没人说"女子不如男"，只说"好男不和女斗"，也别当真，那是臭要面子。不信你斗试试看，男的输了之后，背后连个维权的组织都没有。

想想也是悲哀，现在的男人真不如纪晓岚笔记里的那个"窝囊废"。这家伙被打之后，还有个破庙容身，现在的男人打落牙齿只有往肚里吞。由此迫切地认识到，还是要靠组织。既然女有妇联，男也应有"男联"。

猿肠寸断

读此文而不伤心者，禽兽不如。

《世说新语》记载：东晋大臣桓温带兵入蜀国作战，到了三峡地段，部队中有人抓到一只小猿崽。母猿沿着长江岸边哀号鸣叫不已，一直追着船队跑了一百多里还不离开，最后终于跳上了船，一跳到船上便气绝而死。人们剖开它的肚子发现它的肠子都断成一寸寸了。

风急天高猿啸哀，猿鸣三声泪沾裳。护子心切，舐犊情深，岂独人哉？

干宝在《搜神记》里也记载了一个"猿肠寸断"的故事。临川东兴有个人，进山捉到一只幼猿，把它带回家，那只母猿也一路跟到了他家。此人把幼猿绑在院里的树上给母猿看，母猿立刻打自己的脸，好像苦苦哀求的样子，只是不能用言语表达。此人还是不肯放过幼猿，竟然把它打死。母猿大声悲啼，撞地而死。这个人剖开它的肚子，里面的肠子已寸寸断裂。

人性之恶，在于对手无寸铁者痛下杀手，在于对无力反抗者铁石心肠。这两个故事里，作者在文末加了两个处理结果来表达天谴人怒。《世说新语》里说："公闻之，怒，命黜其人。"桓温听说这件事后，大怒，下令开除这个人。干宝则让老天行动起来："未半年，其家疫病，灭门。"做了这么伤天害理的事，他们全家没了。

《太平广记》也有"断肠"的故事，只是主角换成了鸟。有人捉到了黄莺鸟的幼雏，养在竹笼中。那一对黄莺父母日夜在竹笼外哀鸣，不吃东西不喝水。这人将雏鸟放在笼外，黄莺父母就交替来喂食，人在旁边也无所畏惧。忽然有一天，没放雏鸟出笼，那对黄莺父母围绕着笼子边飞边叫，无从而入。于是一只投到火中，一只撞死在笼子上。剖开鸟腹一看，其肠寸断。

"断猿不堪听，一听亦同悲。"无论是作孽于飞禽走兽，还是作歹于大自然，抑或是作恶于人世间，一个都不能原谅。

鳖有用心

乌龟王八不是一回事。乌龟温和，行动慢慢吞吞，因此有车速如"龟速"之说。王八就是甲鱼，也叫"鳖"，性格火暴，动作快捷，毛泽东有词曰"可下五洋捉鳖"，足见水大"鱼"大，动物凶猛。乌龟王八品种不同，但在骂人的功用上惊人的一致。

"乌龟的儿子王八的蛋"，都是骂人的顶级词组，加诸谁，谁不堪。

在中华传统中，有三只鳖编辑了我们的文化基因。

《国语》记有一事：鲁国的公父文伯有次请客，以露睹父为上宾。在上菜时，露睹父的鳖小了些，他很生气，辞曰："将使鳖长而后食之。"意思是："等甲鱼长大以后我再来吃吧。"说完当场退席离去。文伯的母亲认为儿子礼数不周，把公父文伯从家里撵走。过了五天，鲁国的领导们前来求情，文伯的母亲才让儿子回家。

我们都知道"染指"的典故，但不一定知道让人"食指大动"的"鼋"是何方神圣。鼋者，现在是国家一级重点保护野生动物，也就是大甲鱼。多大？体重可达一百公斤。与之相比，我们现在吃的甲鱼太小了，小到相差不止一两个级别，大家吃的简直是"王八羔子"。

这两件事，鳖只是引爆危机的"引信"。一个是表面嫌鳖小，实则不满于礼数，别有滋味在其中。一个是"鳖"生枝节，君要"剁手"染指之臣，臣要"剁首"轻己之君，剁来剁去，"弑其君矣"。

第三只是庄子的"东海之鳖"。"坎井之蛙"自我感觉非常好，又会吹牛。被吹晕的东海之鳖真的接受邀请，准备下井看看青蛙王子的幸福生活，但它的左脚还没有跨进去，右腿已被井的栏杆绊住，真的"卡壳"了，最后费了老大的劲才慢慢退出来。"海鳖"忍不住就对"井蛙"搞了一个"向洋看世界"的讲座：外面的世界很精彩，东海的水面很壮观。没想到的是，青蛙虽未亲见，但是有一定的想象力，连蒙带猜终于弄明白东海比坎井要大些。由此观之，青蛙能变王子，还是有慧根的。但人们经常以此来嘲笑井蛙的目光短浅、容易满足。其实，士"鳖"三日当刮目相看，不能小瞧一只开悟的青蛙。

牛知音

如果说话不看对象，对愚蠢的人讲深奥的道理，我们经常会用一个成语："对牛弹琴"。

著名音乐家公明仪知道自己才能举世无双，有天技痒难耐，就对着一头正在吃草的牛弹了一首高雅的曲子，想让牛欣赏自己的琴技。哪知道这头牛只顾吃草，连头都不抬一下。后来公明仪改弹像蚊子、牛蝇和走失的小牛犊叫唤的声音，牛立即竖起耳朵，甩动尾巴，往来徘徊，倾听琴声。

对牛弹琴，罪不在牛。充耳不闻，过失在人。"非牛不闻，不合其耳也。"牛其实能听懂琴声，弄得好，牛是可以做知音的。

伯牙善鼓琴，钟子期善听。好作品需要好听众，知音如果能超越人类，就真的具有超人的力量。

春秋战国多异才，伯牙是一位，瓠巴是另一位。《荀子·劝学》里说："昔者瓠巴鼓瑟而沉鱼出听，伯牙鼓琴而六马仰秣。"动物世界里也有好听众。牛知音，马识途，小鸟依人，猫狗通人性。《礼记·乐记》说："知声而不知音者，禽兽是也。"郑玄在解注这句话时说，禽兽知此为声耳，不知其宫商之变也。瓠巴的鱼，伯牙的马，应该超越了公明仪的那头牛，从知声的段位进阶到知音的段位。

1977年8月20日，美国发射了"旅行者"太空船，其中一个任务是，希望能遇到地球以外的高级文明。太空船上搭载了一张喷金的铜唱片（即使过了十亿年也会铮亮如新），唱片上录有世界名曲二十七段，其中代表中国的乐曲就是用古琴演奏的《高山流水》中的《流水》。目前旅行者1、2号均已飞出太阳系，在茫茫外太空寻觅"知音"。

这是典型的"对牛弹琴"。不知浩瀚宇宙有没有"外星牛"，也不知"外星牛"是否听得懂来自地球的声音。但在意识深处，人类真心希望遇见一群宇宙深处的"牛知音"。

对牛弹琴

命犯桃花

就像花生米是最常见的下酒菜，桃花是最常见的诗材。桃花入诗，犹如花生米下酒，了无新意。

虽然如此，每到新春，眼见窗外春山春树，还是十分想念桃花。想那一树的怒放，想看满山的妖娆，想起许多的命犯桃花。

"诗豪"刘禹锡因改革失败，被贬朗州（今湖南常德），十年后的春天，被朝廷"以恩召还"。听说有道士手植仙桃，满观如红霞，遂游玄都观，写下《元和十年自朗州承召至京，戏赠看花诸君子》："紫陌红尘拂面来，无人不道看花回。玄都观里桃千树，尽是刘郎去后栽。"此诗语含讥讽，触怒当权新官僚，因此又被贬逐在外十四年。横遭桃花劫的刘禹锡，归来后再次旧地重游，刻意续写桃花诗《再游玄都观》："百亩庭中半是苔，桃花净尽菜花开。种桃道士归何处，前度刘郎今又来。"昔日豪横，今不复见，老子又回来了，痛快痛快。

明代唐伯虎，穷困潦倒，其志不得展，一生酷爱桃花，自号"桃花庵主"。他的《桃花庵歌》久负盛名："桃花坞里桃花庵，桃花庵里桃花仙。桃花仙人种桃树，又摘桃花换酒钱。"此诗表达了诗人不汲汲于功名、不交接于世俗的态度。"桃"与"逃"同音，具隐逸之意。民间传说他是"江南第一风流才子"，这纯属后人将"桃花运"附会于他。连温饱都成问题的唐伯虎，只有"打秋风"的份，哪有"点秋香"的能力？

很是佩服"桃之夭夭"的无名作者，他（她）应该是第一个把美女比作花朵的天才。同样是天才，杜甫对桃花偏见严重："颠狂柳絮随风舞，轻薄桃花逐水流。"从此，桃花和"轻薄"挂上钩，让人一见而心生暧昧。从《诗经》的高枝，坠入流水的沟渠，一朵桃花，五味杂糅。造物钟情的桃花已被人写尽矣，如果还写桃花，真是命犯桃花人犯贱。当然，从糟践人的角度而言，如此美好的桃花，都成下流，你那点花花肠子，谁还看不明白？

山寺桃花始盛开

圣人无父

"我从哪里来"始终是一个迷人的问题——"迷惑人"。

《史记·殷本纪》记载：商朝的始祖名"契"，契的母亲叫简狄，是帝喾的二太太。有一天简狄她们"三人行浴，见玄鸟堕其卵，简狄取吞之，因孕生契"。玄鸟就是一种黑色的鸟，应该跟燕子差不多吧。她们看见玄鸟留下一枚鸟蛋，简狄拿到鸟蛋后吞了下去，就怀孕生下契。这就是《诗经》中"天命玄鸟，降而生商"的故事。所以商朝以玄鸟作为崇拜的图腾，崇尚黑色。

一枚鸟蛋孕育一个朝代，"玄鸟生商"的传说虽然浪漫，但让生理卫生知识丰富的现代人伤透脑筋。还有比这更让人伤脑筋的，就是什么也没有都能怀孕。

《史记·周本纪》：周的始祖后稷，名叫"弃"。他的母亲叫姜嫄。姜嫄是帝喾的大太太。姜嫄到野外，看见一个巨人的脚印，心里好生喜欢，就想去踩一脚，这一踩便觉得腹中一动，好像怀了孕一样。她后来生下个男孩，觉得不吉利，就把孩子丢在小巷子里，但经过的马牛都避开不去踩他；而后把他遗弃在山林里，又碰上山林里人很多；再换个地方，把他丢在水渠的冰面上，又有飞鸟用它们的翅膀覆盖在上面铺垫在下面保护他。姜嫄认为是奇迹，便把他抱回抚养。由于最初想把这个孩子丢弃掉，所以给他取名叫"弃"。

开天辟地的人物，出生都不同凡响。炎、黄、尧、舜、禹，基本上都很奇特。秦国的老祖母，名叫女修，她也是捡到一枚玄鸟蛋，吞下后生了一个孩子叫"大业"，是秦始皇的祖先。这么看，估计古代生态环境超好，鸟随便下蛋，人随便捡，女的随便吞了随便怀。古人管这叫"圣人无父，感天而生"。连外国也如此，譬如圣母凭借一个梦，受孕而生耶稣，只是出生方式不限于踩脚印、吞鸟蛋而已。

越到后来，"感天而生"的帝王们的神性越低。《史记·高祖本纪》记载，刘邦的母亲刘媪在野外睡着了，梦与神遇。那时候电闪雷鸣，暗黑如夜。太公去找刘媪，看见一条蛟龙趴在她的身上。刘媪就有了身孕，接着生下刘邦。司马迁在此说得非常含蓄，读者心里却明白得很：太公看见的不是一条蛟龙，应该是一条汉子。

《说文解字》说："古之神圣人，母感天而生，故称天子。"英雄不问出处，非要问，难堪得很。

人造月亮

天上有个太阳，不够；还有一个月亮，少了。为了填补这种先天不足，在古代，人们就有了造太阳、造月亮的想法。

《宣室志》云：有王先生者，住在乌江上，先生用纸剪一个月亮，贴到屋里的东墙之上。到晚上，纸月亮闪闪发光，清清楚楚地照亮全室，连细小的毫毛都能分辨出来。

从前的月光真神奇，从前的日色也明亮。燕昭王坐在台上，有白颈黑色大鸟飞来，停落在昭王的宫殿。那鸟衔来一颗明澈发光的珍珠，大小约圆径一尺，色黑如漆。昭王用水洗尽泥沙而叹曰："悬日月已来。"可以悬挂的小太阳小月亮来啦！把它悬挂于空中，光芒耀眼，鬼神都不能隐蔽其面目。

这些传奇表现了人类在科学尚未昌明时，对开发利用太阳月亮大胆而合理的想象。时至今日，神话可能变为现实。国际热核聚变实验反应堆，又称"人造小太阳"计划，于2006年11月21日正式启动，该计划被誉为人类解决能源危机的最大希望，我国是该计划的参与国家之一。另外，有报道称，世界上首颗"人造月亮"将升空，亮度是月光的八倍。

《三水小牍》云：桂林韩生嗜好饮酒，自言有道术。一天与两位朋友在郊外寺庙里休息。韩生夜里不睡，自抱一篮，拿一葫芦瓢在庭院里酌取月光，作倾泻状。韩生说："今夕月色难得，储存一篮子月光留待大风骤雨的夜里应急。"众笑焉。天亮后篮子里空空如也。后来他们坐船到一江心亭游玩，买了好菜珍馐和几坛美酒，准备豪饮一醉。天不作美，夜里风急雨狂，灯烛不能张。众人非常郁闷，一人忽然想起前几天的事，就戏弄韩生说："子所贮月光今安在？"韩生拍着手掌说："差点忘了。"就跑回船上，拿来竹篮，用葫芦瓢像舀水一样往外洒，顿时在梁柱间出现明晃晃的白光。像这样往外洒了几十瓢，整个江心亭如秋天晴夜，月光潋滟。众人大叫痛快，欢饮到四更时分。韩生又拿葫芦瓢把剩余的月光收取到竹篮里，马上夜黑如故。

温一壶月光下酒，掬一捧阳光远行。在人类前行的道路上，企望永远有日月烛照前程。

什么为王

袁枚在《随园诗话》里亮出一个观点。

有个冬烘先生执教南京，对弟子说："写诗必须向韩愈、苏轼这样的大家学习，如果读了温庭筠、李商隐的作品，便终生陷入末流。"袁枚对此不苟同，他认为像温庭筠、李商隐这样的人是真才子，甚至才力还在韩、苏之上。理由是："韩、苏官皆尚书侍郎，力足以传其身后之名。温、李皆末僚贱职，无门生故吏为之推挽，公然名传至今，非其力量尚在韩、苏之上乎？"

袁枚无意中触碰到一个传播学话题："渠道为王"还是"内容为王"？

过去阅读古诗文，有个总观感，就是大官写好诗，高官出雄文。由于时代久远，我们无法得知这些官员们政绩好坏。但读其书，"想见其为人"。顺"文"摸瓜，诗文的作者一定是朝廷重臣。为何？以袁枚的视角来看：一是，在古代最好的平台和渠道是官场，官越大影响越大，居高声自远；二是，"门生故吏"是"水军"，推广起来不遗余力，想不要超大"点击量"都难。因此，官员一出手，一般都是"爆款"。

"渠道派"有其传播生态，"内容派"的传播逻辑是什么？

非大官而"名传至今"者，比比皆是。李杜出仙入圣，是内容的"君王"，但以官阶而论，他俩"皆末僚贱职"。李白是个虚职，估计连拿薪水都困难，杜甫是个科员，一生潦倒。论平台和渠道，他们先天不足。但是，他们写的东西又真的好，都是"硬通货"，人看了，如饮佳酿。问题是，酒香和深巷是一对永远的矛盾，"好酒"如何突破"音障"，使之冲天香阵透长安，"内容派"一直在暗暗使劲。

"傍大款"是屡试不爽的方略，李白曾受唐玄宗召见，虽然最后被炒了鱿鱼，但这段经历应该让他增价不少。天天和皇帝在一起的人，不会拿皇帝给自己做广告，他们是"渠道派"，要讲政治规矩。相反，难得一见皇帝的，倒是不断拿皇帝来制造传播热点，他们是"内容派"。这方面柳永是高手。柳三变很可能连皇帝的面都没有见着，但是，他却天天叫着嚷着到青楼"奉旨填词"，虽然佳作迭出，但从传播学的角度看，最大的可能是"行为艺术"，带有炒作的成分。要不然，怎么会达到"凡有井水处，皆能歌柳词"的点击率？

说英雄，谁是英雄？有的名重一时而不能千古，有的时人不识而光耀后世。因此，不论是"渠道为王"还是"内容为王"，经得起时间检验的，才是天字第一号的东西。

新冠与旧习

多少事，从来急。

晋国闹饥荒，晋文公急吼吼地问臣子箕郑："用什么来度饥荒？"箕郑回答说："靠信用。"

晋文公问："怎样靠信用？"箕郑回答说："在君心、名分、政令、民事上都要讲信用。"

晋文公追问："讲了信用又会怎样？"箕郑从"善恶""尊卑""亲疏"，以及天时地利人和、家事国事天下事铺排论证，结论是："何匮之有？"又怎么会有匮乏饥荒呢？

给人感觉答非所问。文章到结尾也没有说明箕郑开的"药方"解除了天下饥荒没有，也没有明示"信用"这个万应良药填饱了百姓肚子没有。但有一点倒是记录得清清楚楚，此番"饥荒对"治愈了箕郑的"当官饥渴症"，晋文公马上任命他为箕地大夫。稍后，还让他担任军队副统帅。

饥荒犹如瘟疫，自古及今都是"群体性事件"，人命关天，需要猛火急攻，秒回秒决秒办，见"慢"如见仇雠，任何的慢吞吞都会要人命。大话不能疗饥，戒急用忍救不了当下的急，只能让人忍饥挨饿。

当然，吃饱了想想，箕郑的话并非一无是处。他的策论，在战术上不能立竿见影，在战略上却是长治久安。信用是一个社会的核心价值观，自古皆有死，民无信不立。信用和习惯一样，都不是一天能确立的，需要久久为功。比如，新冠逼出了诸多好习惯：勤洗手、不聚餐、对着胳膊肘打喷嚏、公共场所喷药水等。问题是：好习惯真的能成为"习惯"吗？好习惯不是一天能养成的，坏习惯不是一天能改掉的。如若不信，看看这个：

他，像往常一样随地吐痰，只是没有想到，今天戴了口罩。

跑神

　　一提起跑得快的人，首先想到的，应该是神行太保戴宗。问题是，第一，戴宗是小说中人；第二，即使在小说中，戴宗也不是跑得最快的人；第三，《水浒传》中最能跑的，叫马灵，乃敌将田虎麾下头领，绰号"神驹子"。

　　话说马灵战败逃生，幸得会使神行法，脚踏风火二轮，望东飞去。"神行太保"戴宗，见此也作起神行法，手挺朴刀，赶将上去。顷刻间，马灵已去了二十余里，戴宗止行得十六七里。这是什么概念？也就是说，戴宗和马灵比，速度至少要打八折。若要排座次，马灵日行千里，戴宗日行八百，还有一人叫张成，日行五百。

　　《古今谭概》载：徐州人张成喜欢疾走，日行五百里。每次一抬腿，就停不下来，必须靠着墙、抱着树，才能停止，但是身体还要振动很久。和前面两位比，张成的动力也很强劲，但是刹车不太好，只能靠墙抱树才能停，因此技术不太全面，业务有待提高。但是，日行五百里以上，怎么说都和骏马差不多，基本不是人能干的。

马拉松是人干的。公元前490年，希波战争雅典人大获全胜，为了把消息迅速传回雅典城，著名的"飞毛腿"士兵斐迪庇第斯一口气从马拉松跑到了雅典城的中央广场，只说了声"我们胜利了！"就倒地死去。

为了纪念这一事件，在1896年举行的现代第一届奥运会上，设立了马拉松赛跑这个项目，把当年斐迪庇第斯送信跑的里程——42.195公里作为比赛距离。

都说东方人体能不如西方人，在跑步方面，史书却记载了一个很能跑的东方人。《魏书》载，北魏杨大眼"少有胆气，跳走如飞"。后来北魏孝文帝元宏准备南征，让尚书李冲负责选拔军官，杨大眼前往应征。李冲没看上。杨大眼说："尚书大人您不了解我，请让我给您献一手绝活。"他拿出一条三丈来长的绳子系在发髻上，然后开始奔跑，只见绳子在脑后飘起，如射出的箭一般直，连奔马也追赶不上，见者莫不惊叹。李冲说："自千载以来，还没有听到有跑得如此之快的人。"于是录用杨大眼为军主。

杨大眼和斐迪庇第斯有相似之处，都是军人，相隔千年，都善跑。不同的是，杨大眼估计是短跑，斐迪庇第斯是长跑。当然，如果要说古今中外第一"跑神"，毫无疑问是夸父。夸父逐日，日地距离大约一亿五千万公里，就算九天九夜追上太阳，夸父每天也要跑一千六百多万公里。中外差别在于：夸父是神话，人人都知道，人人不能做；马拉松是传奇，人人都知道，有人能做到。

不朽之逐·夸父追日

大数据

朋友圈说，2020年是史上在家待得最久的春节，也是架吵得多得史无前例的假期。确实，同一屋檐下，为鸡毛蒜皮的事杠上了，连个辗转腾挪的地方都没有。有的说，同室操戈，唯有一吵。

此题无解？非也。小事看不开，想想大事。最大的事，应该是宇宙吧。有了正确的时空观，心就大了。心大，装的东西就多了，还有什么好吵的？

所谓"宇宙"，《淮南子》在时空上给予定义："古往今来曰宙，四方上下曰宇"，也就是"时间无尽、空间无界、质量无限"的存在。这是哲学上的解释，如果用数据来说话，佛教有一套标准。

以"宙"而论，在空间上为"大千世界"。"大千世界"有多大？大数据的表述是：

同一日月所照为一小世界，小世界的千倍叫小千世界，小千世界的千倍叫中千世界，中千世界的千倍叫大千世界，"三千大千世界"是一个单位。

来具体计算一下三千大千世界的体积：每一小世界就是一个太阳系，一小千世界是一千个太阳系；由一千个小千世界组成一中千世界，等于一百万个太阳系；一千个中千世界组成一大千世界，即十亿个太阳系，是谓"三千大千世界"。虽然三千大千世界已大得惊人，但它并不代表整个宇宙。事实上，它在宇宙中就像一颗尘埃，"十方微尘世界，量周恒河沙"。

以"宇"而论，在时间上为"劫"，有大劫、中劫、小劫之分。"小劫"是由人寿最初的八万四千岁起，每过一百年减一岁，减至十岁止，再由十岁起每过一百年增一岁，增至原来的八万四千岁，这样一减一增，为一小劫。以数学公式来计算，一小劫为1679.8万年；合二十个小劫为一中劫，一中劫有3.3596亿年；八十个中劫为一大劫，相当于268.768亿年。"天地改易，谓之大劫。"大劫之后，又开机重启，绵绵无尽。

对于生不满百的人类而言，十倍数的时间可以理解，百倍就非常勉强，一万年太久。从空间上来说，明白天圆地方、天宽地阔就不错了。大千世界、渡尽劫波，这是大数据之最。究竟多大？大到想得头痛都想不明白。果真头痛，那么恭喜你，脑洞开了。脑洞一开，小事不计较，很多东西就可以放下了。

淮南子

相对论

　　爱因斯坦创立相对论，世无知音而好奇者众，学术性的解说无人能懂，他就给出了一个相对论的"通俗版"：一个男人与美女对坐一小时，会觉得似乎只过了一分钟；如果让他坐在火炉上一分钟，会觉得过了不止一小时。这就是相对论。

　　相对论是关于时空和引力的理论，提出了"同时的相对性""四维时空"等全新概念，更新了人们的世界观，颠覆了人们的常识。因其太过神秘，有人甚至将它与"通灵术""招魂术"相提并论。

　　真理和谬误一直是隔着窗户纸的邻居。我们常说：真理只要向前一步，就会成为谬误。其实应该还有另外一句：谬误只要向前一步，就会成为真理。

　　相对论中有个概念，科学的表述叫"弯曲时空"，时髦的说法是"穿越"，文学的描述为志怪谈玄。中国人没有创立相对论，但是，早就有了相对论的思维。

《搜神记》载：刘晨和阮肇入天台山采药，路途遥远，饿了十三天，忽见小溪中有新鲜的菜叶漂来，接着又有个盛着胡麻饭的杯子淌下来，两人松了一口气，说："这里离人家很近了。"就翻山来到一条大溪边，有两个姿色很美的女子看见二人，相视一笑，如旧相识般对刘晨、阮肇说："怎么来得这么晚？"便邀至家盛情款待。是晚，刘晨与阮肇各到一女帐中就寝，女郎娇婉的情态特别美妙。住了十天，两人请求回家，二女又苦苦留住半年。春天时节，百鸟啼鸣，他们思归更切，二女只好送还。回乡后，"乡邑零落，已十世矣"。

洞中方七日，世上已千年。这不是典型的相对论思维吗？在强引力场下时间会变慢，而且，科学家已经找到了那个"洞"——黑洞。

这样的"相对论故事"，中国有很多。樵夫王质观童子下棋而斧柄已烂，"既归，无复时人"。刘禹锡《酬乐天扬州初逢席上见赠》诗云："怀旧空吟闻笛赋，到乡翻似烂柯人。"

陶渊明《桃花源记》也是典型的相对论："问今是何世，乃不知有汉，无论魏晋。"可惜，无论是作者还是读者，都将它构建为精神避难所，理解为不如意的现实和虚拟的美好之间的寄托，文人气息过重。

因此，我们不能躺在乌有乡里沉醉不醒，我们既需要文化自信，也需要科学自信。

入山观棋

微思维

　　大多数人都是从中学课本《核舟记》里知道微雕的。微雕艺术家王叔远神乎其技，在长不盈寸的核桃里，雕刻出苏轼《后赤壁赋》的夜游故事，栩栩如生，"技亦灵怪"的微雕世界让人拍案惊奇。

　　也有借微雕装神弄鬼、骗吃骗喝的。比如"棘刺母猴"的故事。燕王好微巧，有个卫人说："我能在棘刺尖上雕刻猕猴。"燕王很高兴，给他丰厚的待遇，供养在身边。过了几天，燕王说："我想看看刺尖上的猕猴。"卫人说："国君要是想看的话，有三个条件：第一，半年之内不与后宫妃嫔见面；第二，不吃肉不喝酒；第三，选个雨晴日出的天气，在半明半暗的光线中，才能看到棘刺上的猕猴。"燕王办不到，只能继续锦衣玉食供养着。宫内有个铁匠对燕王说："我是专门打制刀具的，我知道雕刻的东西一定要比刻刀的刀刃大。如果棘刺的尖儿细到容不下最小的刀刃，就没法在上面雕刻。请国王看看他的刻刀。"真是下下人有上上智，燕王马上找来卫人："你在刺尖儿上刻猴子，用什么工具？"卫人："刻刀。"燕王："把你的刻刀给我看看。"卫人："我到住的地方去拿。"一出宫门，这家伙一溜烟跑了。

窃以为，中国微雕路上有两个派别。王叔远代表的是技术派，但是止于亵玩焉；卫人代表的是炒作派，借助一个概念，捞一把就跑，有点像股市里的有些人。

现实中，微雕的思维一直存在。园林是山水的微缩，锦绣中华是中国的微缩，世界之窗是五大洲的微缩，微博微信是个人社交的微缩。但和国外比较起来，国人明显偏科。

国外在科学的微雕路上越走越远。1942年美国诞生了世界上第一台电子计算机，它占地一百五十平方米、重达三十吨。此后电子信息技术飞速发展，其中一个重要特点是集成电路。世界上第一个集成电路是用几根零乱的电线将五个电子元件连接在一起。目前，一个超大规模集成电路能在几毫米见方的硅片上集成上百万个晶体管。而正在研制的生物计算机的集成电路可以在一平方毫米的面积上，容纳几亿个电路。集成电路是典型的"微雕思维"，普通人理解起来已经很困难。

举一反三是基本的思维模式，有"核舟"在先，说明我们思想不落后。有超大规模集成电路在后，说明我们思想有多远，行动就有多无力。

绕死你

儒释道三家各说各话，各有一套话语体系，各有一套解码系统。这三家从源头上讲，有两个"原住民"，一个"外来户"。从气质上看，佛像庄严，道貌岸然，儒家则是个幽默老头。如果说"文风体现作风"，那么，儒家是用简洁的话讲"仁爱"，道家则用深奥的话讲"无为而治"，佛家完全用洋泾浜的话讲"普度众生"。

南子妖媚，艳光四射。子见南子，子路不悦。孔子矢之曰："予所否者，天厌之！天厌之！"孔子发誓说：我没做任何不该做的事，否则天打雷劈！天打雷劈！此情此景，让人分明感觉到孔子的急赤白脸，矗在嘴上，内心忸怩。尤其最后他得出结论："吾未见好德如好色者也。"真是不小心暴露了自己的真情实感。"己所不欲，勿施于人。""君子坦荡荡，小人长戚戚。"儒家之言，发乎情止乎礼，具有天然的亲近感。

释家之言很有仪式感。《心经》应该是流传最广的佛经：

"观自在菩萨，行深般若波罗蜜多时，照见五蕴皆空，度一切苦厄。"每念至此，顿觉音乐响起，心中自然庄严，眼观鼻、鼻观口、口观心。色不异空，空不异色，色即是空，空即是色。文白相糅，中外合一，如珠如玉，串行而下。必有香烟缭绕，木鱼声声才适合念经。

道家之言妙处难与君说。《道德经》"道法自然"，语言却最不自然："道可道，非常道。名可名，非常名……玄之又玄，众妙之门。"如果您天天背诵《道德经》，可能会觉得奇妙无比。乍然一见，云天雾地。再来看看道家另一位主要代表庄子，我一直觉得庄子有话不好好说，故意的。

在《齐物论》中，庄子说："有始也者，有未始有始也者，有未始有夫未始有始也者；有有也者，有无也者，有未始有无也者，有未始有夫未始有无也者。俄而有无矣，而未知有无之果孰有孰无也。今我则已有谓矣，而未知吾所谓之其果有谓乎，其果无谓乎？"

这些字，个个都认识，合在一起却不知啥意思，绕得头昏脑涨。

三家之言，各有特色。以酒论之，儒家是春风吹酒熟的米酒，道家是易上头的烧酒，释家是公然醉人的洋酒。以菜论之，儒家是家常菜，道家是麻辣川菜，释家是讲究的潮州菜。以餐具论之，儒家是筷子，释家是勺子，道家基本靠手——赤膊上阵，随便缠绕。

禅宗六大祖师

《国语》是官话

以国分类、记语为主的《国语》，主要辑录"邦国成败，嘉言善语"，是"语史"，或者说是"官话史"。虽然很碎片化，却能让人清楚明白地看到最早我国当官的怎么说话。

当官的，首先嘴上功夫了得，这一点，古今一理。《国语》里的领导，或为一事，或为一礼，说起来滔滔不绝，东西南北中，天地君亲师，一二三四五，一套一套的，把我们这些后生几千年的人都说服了。但不知为何，道理很中肯，结果很不如意。在《周语》频频出现的是"王不听""王弗听""王弗应"，在诸侯国比比皆是的是"公不听""公弗听""公弗应"。也就是说，很多建议在主要领导那里通不过。

这恐怕是因为道理越讲越细，论证越来越严密，也因此越来越难打动人。长篇大论啰里啰唆，谁都受不了。不要以为只有年轻人逆反，国君也是人，而且更任性，对了也不听，一样逆反。

官话非官腔。官腔是摆谱，是以势压人，很让草民屈辱。官话则讲大道理，大道理管小道理，小道理管我们身边的事物。各种文件尤其是主要领导的讲话，真的是"高屋建瓴，非常重要"。我们经常讨论什么是"流行"，什么是"时髦"。有人认为年轻人头发斑驳陆离是时髦，牛仔裤布满破洞是流行。其实，这是流行的末端，流行真正的源头在官话里，在文件中。文件精神固化为政策，成为律法，指导工作，干预生活，是现实社会的"三江源"。

官话容易让人脑袋大。因为，官话是公文，少不了套话。公文须规范，一定有大话。人不喜套话大话，《国语》因此受牵连，所以普及不广。

话说回来，《国语》出品较早，可能是生民之初，立国之始，一切尽在起步阶段，现在耳熟能详的道理，当初皆为理论创新。同时语涉上古，生僻难懂，影响传播。所以，一代人有一代人的问题，一代人有一代人的官话。

我哪里去了

《笑府》上有则笑话：

有个妇人夜与邻人有私，被丈夫撞上，邻人跳窗逃走，丈夫拾起邻人鞋子，怒骂妻子说："待到天明，认出此鞋再与你算账！"就抱鞋而眠。妻子乘丈夫熟睡时，用丈夫的鞋子调包。丈夫早晨醒来，越想越生气，又骂妻子。妻子说："你认认鞋子看。"丈夫一看，正是自己的鞋子，很过意不去："我错怪你了，原来昨夜跳窗的倒是我。"

这是古代版的"隔壁老王"笑话。如果从自我认知的角度看，另外一则《解僧卒》更有意思。

有个解差，押送一名生性狡猾的和尚去服役。半道中，和尚让解差喝得酩酊大醉，解下自己身上的绳子系在解差身上，又趁机找来一把剃刀，三两下把解差剃成一个光光头，然后连夜逃跑了。第二天早晨解差酒醒了，到处找不到和尚，急得摸自己的头，居然是个光头。再一摸，发现绳子也在脖子上。解差大惊失色说："和尚在这里，那么我到哪儿去了？"

以为在看笑话，其实在看自己。我生之前没有我，我死之后没有我。天地悠悠，自我是"熟悉的陌生人"。两个故事的主角都把自己弄丢了。我们经常找不到自己。我是谁？我从哪里来？要到哪里去？人与自然，人与社会，人与自我，这些问题总是纠缠不已。有时以为弄明白了，其实依旧很糊涂。

把自己弄丢了是一种病，这种病俗名"老年痴呆"，学名"阿尔茨海默病"。数据显示，我国阿尔茨海默病患者人数已居世界第一。患者从日常生活能力下降，到逐渐不认识亲友，慢慢发展到穿衣吃饭、大小便均不能自理，到最后进入植物状态。它是一种严重的智力致残症，把自己完全清空、归零、格式化。世界都在，我哪里去了？问不出，答不了，变成一根不能思想的苇草。

洁癖

许多名人都有洁癖，古代的说法是"洁疾"。

米芾是北宋著名书法家，其行书成就最大，清风灏气，至今袭人。与他书法一样著名的，是他的洁癖。

"米元章有洁疾"，每次洗手，都要让人拿着长柄银匜子，把水匜起来，流水洗手，不接于物。洗完后，也不擦，只是两手互拍自然晾干。客人坐过的椅子一定要洗，还不停地洗头巾洗帽子洗鞋子，直到洗坏为止。周仁熟跟米芾关系非常好，有次米芾夸耀说自己得了一方好砚台，周仁熟素知米芾有洁癖，非常认真地洗了三次手。米芾见了之后，很欣慰地拿出砚台，周说不知这个砚台磨墨怎么样？仆人取水还没回来，周仁熟急不可耐地往砚台里吐了一大口唾沫，竟磨起墨来。芾变色，曰："一何先恭后倨？砚污矣，不可用！"周遂取归。其实周仁熟并不是真的想要砚台，只是作弄他而已。后来周仁熟来还砚，米芾认为砚已脏，竟然看都不看一眼。

写出"遥知不是雪，为有暗香来""春风又绿江南岸，明月何时照我还"这样绝美诗句的王安石很不讲个人卫生，是著名的"邋遢宰相"。他的"脏"居然写入正史，《宋史·王安石传》载："性不好华腴，自奉至俭，或衣垢不浣，面垢不洗。"长年不洗澡，浑身酸臭味，虱子从胡须里面爬出来。公面黧黑，门人忧之，都以为他生病了，赶紧请来大夫。医曰："这哪里是生病，这是脸上的泥垢太厚，洗一下就好了。"

王安石的太太吴夫人正好相反，"性好洁，与公不合"。从江宁辞官回家，王安石曾运用他的"邋遢智慧"解决家政危机。吴夫人有一个从官府借用的藤床迟迟未还，官吏来索要，大家怕吴夫人，没人敢说话。王安石知道后说，我有妙计。"公直跣而登床，偃仰良久。"王安石打着赤脚从有灰尘的地上跳到干净的床上，一会趴着一会仰着，两只脚互相搓，还不时拿眼瞟一下吴夫人。吴夫人看见了，立马让人将床送走，越快越好。

不讲卫生不好，太讲卫生也不好，将个人的癖好扩大化更不好。《古今谭概》记载，遂安县令刘澄有洁癖，就命令县里人不停地开展城乡大扫除，地不容尘，标准是要做到路上没有一根草，水里没有小虫子和脏东西，把老百姓折腾得够呛。

洁癖是种病，古往今来，从未绝迹。

浑沌

庄子是个故事大王，他在《庄子·内篇·应帝王》中讲了一个故事：

> 南海之帝为倏，北海之帝为忽，中央之帝为浑沌。倏与忽时相遇于浑沌之地，浑沌待之甚善。倏与忽谋报浑沌之德，曰："人皆有七窍，以视、听、食、息，此独无有，尝试凿之。"日凿一窍，七日而浑沌死。

表面上看，这是典型的"好心办坏事"，实则是南海之帝和北海之帝两个人用自己的逻辑来定义别人，用自身的标准来打造自然。这是强盗逻辑，是霸王条款，是"人是万物的尺度"的无限放大，是神话版的欺负人。从浑沌的角度来看，教训惨痛：经不起敲打，会要命。

都是没有脑子，都是在开窍，刑天的故事畅快淋漓得多。

《山海经·海外西经》载："刑天至此与帝争神，帝断其首，葬之常羊之山；乃以乳为目，以脐为口，操干戚以舞。"刑天为炎帝之臣，炎帝黄帝战于阪泉之野，三战，炎帝败。刑天一直不甘心，他一手执利斧，一手握盾牌，与黄帝杀得天昏地暗。但是终不敌，被黄帝斩下头颅。没了头颅的刑天突然再次站起，把胸前的两个乳头当作一双眼睛，把肚脐当作嘴巴，拿起武器，继续战斗。东晋诗人陶渊明读到此处，深受感动："刑天舞干戚，猛志故常在。"

面对黄帝的"斩首行动"，刑天永不妥协。砍头不要紧，还有肚脐眼。失败一次，站起来一次。没有生命，再造一条生命。不怕牺牲、敢于牺牲、善于牺牲。这种精神鼓舞了前赴后继的斗士，战争年代，许多的英雄，肠子打出来塞回去，身上血窟窿抓把土堵住，脑袋剩半边撕下衣服包裹住，一息尚存，战斗不止。浑沌凿死，留下一声叹息；刑天重生，活成一个猛志的神。一主动一被动，给人无限的启迪：

第一，自然很脆弱，经不起折腾；第二，失去自然，我们居无定所；第三，自然会报复，瘟疫是教训；第四，卡脖子久了，自然会反抗……

好睡

现代人心事重重，总是睡不好，看看古人怎么睡。

冯梦龙在《古今谭概》里，记录了几个特别能睡觉的人。

夏侯隐，不知何许人也。登山渡水，在行走中能闭目睡觉，和他同行的人可以听到他打鼾的声音。然而他行走的步伐却无差错，脚也不会被绊倒，一到达目的地立即就醒，人谓"睡仙"。现在来看，这是梦游，超级危险，不能提倡。

相传文五峰先生也是这样。每当在街市上想睡觉的时候，就用手扶着童子的肩头说："好好扶着，走慢些。"双脚不停，但鼾声已经像打雷一样了。同样像梦游，有人照顾，边走边睡，无可厚非。如果能在上班途中、旅游车上，见缝插针地睡着，挺好。

华亭县丞，就算是副县长吧，有天去拜访一位乡绅，主人还没出来，县丞就在座位上睡着了。不一会儿，主人来到，见客人正在睡觉，不忍惊动，坐在对面的座位上也不小心睡着了。一会儿县丞醒来，见主人熟睡，就闭上眼睛又睡了。主人醒来，见客人还在睡，也接着睡了。等到县丞再醒的时候，天已经黑了，主人竟然还没有睡醒，县丞悄悄走了。主人醒后，一看客人不见了，也进入里屋。陆游诗说："相对蒲团睡味长，主人与客两相忘。须臾客去主人觉，一半西窗无夕阳。"都是不交一言，有雪夜访戴，也有官民同梦。

苏东坡是豪放人，真豪放假豪放看睡觉。有人自称豪放，一夜睁眼到天明，那是伪豪放。"小舟从此逝，江海寄余生"，闹出黄州城巨大舆情之后，大家都满城找东坡，哪知他却"鼻酣如雷"，高卧未起。晚年贬谪惠州，东坡诗云："报道先生春睡美，道人轻打五更钟。"章惇闻之，笑道："苏子瞻竟然如此快活！"好吧，再贬到海南儋州去睡吧。但，不管贬谪到天涯还是海角，苏轼总能"春睡美"，在贬谪海南路上，东坡再次夸耀自个儿的美睡："三杯软饱后，一枕黑甜余。"

气死了睡不着的。

空境

真寂寞

孤独是一个人待着，寂寞是一个人待着没事干。没事干就喝酒，"举杯邀明月，对影成三人"。酒后，月亮和影子"二人"皆醉，我独醒。

类似的境况，冯梦龙在《古今谭概》里有个故事。唐代的张七政，荆州人，有戏术，人莫知其行迹。小孩子们经常缠着他表演。一次，张七政随手摘取一捧青草，再三捋它，青草很快变成灯蛾飞走了。曾经，他在墙壁上画了一个美貌女子，美女秀色可餐楚楚动人。张七政自己喝酒，也斟满一杯美酒向她嘴里倒去。结果，酒一滴也没洒在地上，画上的美女脸上渐渐泛起红晕，像是喝醉了一样。

这是真寂寞，也是真浪漫。如果有张七政的本事，应该在三五之夜，明月半墙之时，举杯邀月，邀月里的嫦娥同来对酒，饮罢飘飘欲仙，不知今夕何夕。醒后月光清冷，一切如昨。

据称，我国独居人口目前约有两亿。放眼美日韩的状况，独居已经成为常态。提起独居，就会想起孤独和寂寞两个词。寂寞和孤独的区别是什么？寂寞是别人不想搭理你，孤独是你不想搭理别人。蒙古人铁木真，也就是后来的成吉思汗，少年时父亲被人毒死，全家遭部落抛弃，除了影子，再没有什么朋友。一夜，他睡得正酣，梦中忽闻得有刀声颤响。他立即跳起窜出毡房外，骑马像箭一样奔向黑暗深处。有人要害他性命，幸亏他有好听力，才躲过一劫。铁木真孤独，但不寂寞，因为有人惦记着他。

苏东坡是旷达之人，他有独特的办法消除孤独和寂寞。被贬黄州和岭南的时候，每天早上起来，如果不请客人来聊天，他就一定出去拜访客人。所交游的人也不选择，谈天说地也没约束，彼此高兴就行。有的人不善言谈，苏东坡就一再请求他说些神怪故事。有人推辞说没有，他就说："姑妄言之。"也就是你瞎编也行。有人评论说，英雄不得志，只能够靠谈玄说怪消磨自己内心的不平，真是悲凉。

真孤独在人多处，真寂寞在喧嚣时。真的孤独寂寞，除了影子没朋友。